카피라이터가 알려주는
매력적인 문장 만들기

김건호 지음

시선을 "
사로잡는
한 문장

비전코리아

정말 이 책이 당신에게 필요한지 알아보는 법

첫 눈 에   반 했 다

'맘에 드는 상대를 만났을 때 눈에 불꽃이 튀는 것.'
좀 뻔한 답이다. 다르게 비틀어보자.
내가 비틀어본 새로운 답은 아래에 있다.

당신도 이 정도는 쉽게 비틀어볼 자신이 있다면
굳이 이 책을 사지 않아도 좋다.

* 또 다른 의미 : '첫눈 오는 날, 50% 세일'

낯설게 해서 마음을 움직여라

이 책을 읽다 보면 입가에서 미소가 사라지지 않는다. 미소(微笑)는 실소(失笑)로 이어졌다가 폭소(爆笑)로, 다시 또 잔잔한 미소(微笑)로 돌아오는 사이 웃음은 얼굴에 가득 퍼져 함소(含笑)가 된다. 웃음이 나오는 이유는 언어의 부속품을 슬쩍 바꿔치기해서 별나게 눈길을 잡아끌고, 한 번 더 보게 만들고, 마음을 흔드는 절묘한 언어의 기술 때문이다.

사실 웃음은 마음이 통했다는 신호이다. 광고가 소비자를 미소 짓게 할 수 있다면 절반은 먹고 들어가는 셈이다. 최고경영자의 메시지가 임직원을 환하게 웃게 한다면 경영은 순풍에 자발적 돛대를 단 셈이다. 정치인의 말이 국민을 흐뭇하게 웃을 수 있게 만든다면 그 사람은 드물지만 사랑받는 정치인이 될 것이다. 웃음은 공감하고 동의할 준비가 되어 있다는 표시다.

저자는 이 책을 통해 우리 유전자에 새겨진 보이지 않는 기술적 본능, 즉 말과 글로 상대를 웃게 만들고 마음을 열게 하는 기법을 적나라하게 알려주고 있다.

이 책은 말과 글의 표현에 대한 깊은 노하우를 담은 실용서적이다. 이 책의 전체 콘텐츠를 이루는 언어-글쓰기의 방법은 한마디로 언어를 비트는 것이다. 이 책이 가르쳐주는 '비틀어'는 눈에 띄게 만들고 웃음을 선사해서 공감을 이끌어내고 기억에 각인을 시켜서 마음을 움직이게 하는 기술이다. 그러기 위해서는 익숙해서는 안 된다. 낯설어야 한다. 이 책의 수많은 사례가 보여주듯 낯설되, 익숙한 듯 낯설게 해야 한다. 다시 말해 익숙함과 낯설음이 충돌을 일으켜야 한다는 말이다.

창업을 하거나 신상품을 시장에 내놓거나 선거에 나가거나 누군가를 설득하려 할 때 우리는 심각해지기 마련이다. 특히 마케팅 커뮤니케이션을 하게 되면 논리 프로세스의 무게에 짓눌려 굳은 표정이 되기 십상이다. 그런데 그런 무거운 상황이 되면 우리 몸은 근육에 힘을 넣는 대신 위장과 간장, 신장, 그리고 창의적 발상의 중심부인 전두엽의 활동을 중지시킨다고 한다. 그것이 문제다. 아무것도 떠오르지 않는 것이다. 그렇게 되면 베테랑이라 해도 소용이 없다.

그 위기의 순간에 이 책은 전두엽을 야들야들 깨우는 신비의 묘약이 될 것이다. 또한 워낙 친절하고 자세히 서술했기 때문에 누구나 쉽게 읽고, 빨리 배우고, 바로 따라 할 수 있을 것이다.

나의 카피 스승이신 김태형 선생님께서 《카피라이터 가라사대》를 출간했을 때 무척 속상했었다. 선생님의 노하우를 모두 공개했으니 누구나 다 선생님처럼 카피를 쓰게 되는 게 두려웠다. 선생님께는 정말 죄송한 일이지만 빨리 절판되어 선생님께 배운 고유의 노하우가 만천하에 드러나지 않기를 간절히 기도했었다.

또 하나, 로버트 치알디니의 《설득의 심리학》이 국내에 번역되었을 때도 아주 속상했었다. 인간 마음의 장애를 역이용하는 설득의 노하우가 한국에 공개되었으니 아무나 다 여섯 가지 심리의 법칙에 따라 전략을 구사하는 게 두려웠다. 나는 둘 다 어서 절판되어달라고 기도했었다. 기도가 반쯤 통했는지, 김태형 선생님께 정말 죄송하게도 《카피라이터 가라사대》는 곧 절판되었고 《설득의 심리학》은 베스트셀러가 되었다. 지나고 보면 아무것도 아닌 일이었는데 그때는 왜 그렇게 소심하고 옹졸했는지…….

책을 쓰는 일은, 특히 이런 실용적인 책을 쓰는 일은 지극히 헌신하는 일이라고 믿고 싶다. 큰돈을 가져다주지도 못하고, 명예도 그다지 높여주지 못한다. 스스로에게 주는 학위 정도랄까…….
하지만 그 정도 보상을 받기 위해 퍼부어야 하는 시간과 열정과 노동은 말로 표현할 수 없다. 하루의 거의 대부분을 일터에서 시간을 보내며 일을 하느라 바쁜 와중에, 글을 써서 먹고사는 사람이라면 누군가 꼭 다루었어야 할 언어의 낯설게 하기, 다시 말해 언어의 비틀기를 완성한 저자에게 박수를 보내며 이 책만큼은 베스트셀러가 되길 희망해본다.

카피라이터 탁정언

이런 분께 이 책을 추천합니다!

글다공증 환자(글쓰기 책을 아무리 봐도 차도가 없는 분)

온라인에서 차별화가 필요한 쇼핑몰 대표, 블로거, BJ

제목을 잘 뽑고 싶은 기자, 방송작가, 홍보담당자

보고서·과제물에 엣지 있는 한마디를 넣고 싶은 직장인·대학생

톡톡 튀는 가게 이름을 짓고 싶은 창업자·자영업자

자기소개를 재치 있게 하고 싶은 신입·경력 구직자 등

차례 :

세상의 글들을 잡다 글love / 주민을 줌인하라 / 아프니까 아프리카 / 기대지 말고 기대하게 하라 / Tell語, 테러 / 그릇이 되거나 그릇되거나 / 감전의 행복: 감동은 전할 때 더 행복하다 / 같이 있는 삶, 가치 있는 삶 / NASA, 지구와 우주를 연결하다 / 그림이 셀까 글힘이 셀까 / 갑자기 자기 갑 / 내가 찍은 여자들 / 당신이 안부를 물어주니 세상 누구도 안 부럽죠 / 느그 앱이 뭐하시노 / 기다림, 氣달임 / 애비게이션 / 다그침, 잠시는 다 그침 / 대행할 것인가 자행할 것인가 / 춘곤증 늘곤증 / 무시하지 My소 / 비보이와 배보이 / 눈초리: 눈으로 때리는 회초리 / 나를 세우려면 날을 세워라 / 그리움 글이 움 / 백문이 불여일검? / 다 윗사람 골리앗 / 동물의 결국 인간의 왕국 / 모자라서 모자이크 / 당근 좋지, 조기 있네, 한 달에 두 번 꼭 가지 / 천만의 말씀 / 듣보잡이 독보job / 리본 Reborn / 마시멜로, 맛이 멜로 / 만우절 마눌절 / Missing you 미싱油 / 믿음엔 미디움이 없다 / 발렌他人데이 / 방사능, 반사능 / 나의 봄날 너를 본날 / 베이글녀 눈이글남 / 부하라고 과부하 걸지 마 / Bottle 비틀 Battle / 보고 또 보고, 상사병 걸리겠네 / 길에서 잠들면 영원히 잠들 수 있습니다 / 변태 / 오늘은 네맘대로 / 사표가 아닌 출사표를 써라 / 4랑 했니? 5! 슬프다 / 甲옷 벗기 / 기사도 / 설, 설설 기어도 설렘 / See눈, 보는 눈을 싹틔우라 / 산 책과 산책 / 내 허물을 사하라 / 시니컬? 시니어 컬처로 극~복 / Talk 까놓고 말하자 / 고삐리여 최후의 고삐만은 놓치지 말게 / 지혜의 식스펙, Six spec / 당신의 스마일은 몇 마일리지인가요? / 더불어 Double A / 왜 놈이 되자 / 와이프 와이쁘 와이퍼 / 이간질 입간질 / 이랴 일햐 / 입 말고 일로 말해 / 오른쪽이 옳은쪽? / 자면 천사 깨면 전사 / 노력? No力! / 제 목을 걸고 제목을 지키겠소 / 층간 소음 계층간 소음 / 철석같이 믿다 철썩 뺨 맞는다 / Cook Cook, 웃으며 요리하자 / 카톡보다 家톡 / 너를 여는 Keys, Kiss / 코파이더맨 / 프리랜서 풀리랜서 파리랜서 / 해피Bus데이 / 흑마늘 흑마눌 / 그물에 걸리기 전 그 물에서 나와 / 휴대폰 3代

2장 센스 있게 비틀어
- 언어유희로 비틀면 문장이 날개를 단다 _ 158

3장 대박나게 비틀어
- 잘 되는 데는 이유가 있다 _ 200

체력단련장 - 일상이 연습이 된다 _ 228

[부록] 비틀어 창고
*일러스트 색인

시작하며 _

글쓰기의 고정관념을
비 틀 어!

많은 글쓰기 책들께서 말씀하셨다. '백지의 공포를 벗어나라!' '많이 읽고 열심히 쓰는 게 왕도다', '노력하면 누구나 다 잘 쓸 수 있다!' 많은 사람에게 용기를 주는, 하나하나 옳은 말씀이다.

그런데 막상 책에서 제시하는 샘플 글들은 전문작가분이나 글쓰기 고수들의 명문장 위주 아니었는가? 그 책 속에 적힌 문장들을 볼 때마다 나름 글로 먹고사는 나 역시도 무력감을 느끼는 경우가 많았다.

주어지는 과제 역시 좀 어려웠다. '나, 글쓰는 사람 맞나……?' 이런 생각이 들 정도로. 그런 책이 절대 나쁘다는 뜻이 아니다. 다만, 그런 글쓰기 책에서 알려주는 방법들이 맞는 사람이 있고 안 맞는 사람이 있다는 것이다. 글쟁이인 나도 어려움을 느낀다면, 나처럼 어려움을 느끼는 사람은 얼마나 더 많을까?

어쨌든 여러분이 난이도 있는 글쓰기 방법에 기죽고 적응 못하는 '찬밥 글따'라면 이 책과 함께 말장난하듯 가볍게 단어와 글들을 비틀어보았으면 좋겠다. 글솜씨는 그렇게도 키워갈 수 있다. 그러면서 점점 장난기를 벗어나고 글의 내공을 높여가는 것이다. 그것이 결코 정도(正道)는 아니겠지만 즐겁게

13

실력을 키우는 방식은 될 수 있다.

따라하다 보면 어느새 클릭을 부르는 글제목이 되고, 대표님이 오케이(O.K) 할 슬로건도 되고, 감동을 주는 문자메시지가 되며, 불황을 뚫는 콘셉트가 되고, 뇌리에 남는 가게 이름도 될 것이다. 그 외에도 아이디語(어)로 귀결되는 모든 글쓰기, 창의적인 생각이 필요한 모든 상황에 큰 힘이 될 것이다.

제목 한 줄로 공감도가 달라진다

스마트 시대는 짧은 글이 대세다. 블로그나 인터넷카페, 이메일, 온라인 기사 등은 제목 한 줄로 조회 수나 공감도가 확 달라진다. 인터넷 쇼핑몰은 제품 이름이나 소개 문구가 얼마나 센스 있는지가 구매율을 좌우한다.

온라인뿐이랴. 보고서의 한 줄, 가게나 모임의 이름, 세상에 나를 홍보하는 한마디 등 짧은 글이 성패를 좌우한다. 가능하다면 '비틀어'로 단번에 사로 잡는 게 좋다. **'비틀어'는 언어유희를 통해 짧은 한마디를 잘 쓰는 가장 쉽고 매력적인 글쓰기 방법이다.** 정보의 쓰나미에 무뎌진 사람들을 사로잡는 비결, '비틀어'다.

단순 언어유희를 넘어 매력 있게 비틀어

언어유희는 사전적 정의로 '말이나 글을 소재로 하는 놀이'다. 언어유희를 놀이처럼 즐겁게 글쓰기에 접목시키는 것이 '비틀어'다. 대부분 글쓰기는 어렵게 느껴도 언어유희는 부담 없고 재미있어 한다. 요령만 터득하면 누구나 쉽게 접근 가능하니까.

글쓰기의 과정은 유희이지만 단순한 유희를 넘어 그 결과물에 의미와 가치, 매력을 담는 것이 '비틀어'의 목표다.

잘 키운 호미 하나, 열 트랙터 안 부러워

수많은 글쓰기 책으로도 치유가 힘든 '백지 공포' 환자라면 접근법을 비틀어라. '문장력'에만 목숨 걸지 말고 '짧은 글' 위주로 언어유희를 통해 재미있게 비틀자. 부담은 사라지고 재미가 붙는다. 문장력은 그다음에 갖춰도 좋다.

호미 하나로 모든 농사를 지을 순 없지만, 웬만한 소규모 밭농사는 너끈히 지을 수 있다. '비틀어'로 모든 글쓰기를 다 잘할 수는 없지만, 짧은 글을 쉽고 재미있게 쓰는 데는 이만한 게 없다. 호미 한 자루 들 듯 가뿐하게, 함께 비틀자.

책을 내는 데 아낌없는 조언을 주신 영원한 사부 탁정언 선배님, 날선 전략으로 업무에 힘을 주신 동경 형, 민간 전문가 뺨치는 홍보 혜안의 황보연 국장님, 그리고 적절한 글재주를 물려주신 부모님과, 재주를 양보한 동생, 사랑하는 가족에게 감사드린다.

김건호

몸풀기 장

한 글자만 비틀어도
글쓰기가 달라진다

글쓰기책을 봐도 봐도 진전 없는 '글따' 분들께

따라하다 보면 어느새
클릭을 부르는 글 제목이 되고,
대표님이 OK할 슬로건도 되고,
감동을 주는 문자메시지가 되기도 하며,
불황을 뚫는 콘셉트가 되고,
뇌리에 남는 한 문장이 될 것이다.

아이디어로 귀결되는 모든 글쓰기를 위하여!

원칙과 공식을 보면 감이 잡힌다!

비틀어 3원칙

– 비틀어에는 일정한 원칙과 공식이 있다

비틀어의 원칙을 이해하고 공식에 대입하면 누구나 쉽게 비틀어를 만들 수 있다. 처음엔 공부한다는 마음보다 생활 속에서 문득 떠오르거나 들은 단어들을 머릿속에 잡아두고 이 공식, 저 공식 대입하면서 연습해보자. 긴 글이 아닌 짧은 한마디라 메모하기도 편할 것이다.

점점 익숙해지며 재미를 느끼게 되거나 더 창의적인 비틀어를 만들고 싶다면, 국어사전이나 사전 애플리케이션을 보면서 연습해보자. 쓸 만한 비틀어가 보일 때마다 수첩이나 메모장 애플리케이션에 기록해두면 나중에 큰 자산이 된다. 당장 결과물을 적용할 순 없더라도 연습 자체가 곧 자산인 것이다.

업무에 적용하는 것도 마찬가지다. 사전에서 관련 단어와 비슷한 단어들을 비교해보고, 여러 공식에 대입하다 보면 '이거다!' 싶은 비틀어를 발견할 확률이 높아진다.

실제로 비틀어를 만들다 보면 각각의 원칙과 공식을 명확하게 나누기 어렵거나, 여러 공식이 결합되어 다양하게 적용되는 경우도 생긴다. 또한 여기 소개한 비틀어 외에도 무수한 비틀어가 지금도 태어나고 있고, 한글의 음소에 이미지나 영단어를 결합하는 등 만드는 방법이 계속 진화하는 중이다.

구애받지 마라. 형태는 무궁무진하게 앞으로도 발전할 것이다. 여기서는 기본만 먼저 익히자. 기본은 이 정도면 넘치게 충분하다. 이 책은 위키피디아에 갓 올라온 개방형 콘텐츠에 비유할 수 있다. 함께 만들어가는 비틀어, 생각만 해도 즐겁지 아니한가?

1. 변형의 원칙

사람들은 어떠한 단어에 대해 고정관념 혹은 이미지를 갖는다. 이 보이지 않는 룰을 '변형'을 통해 깨뜨리는 것이다. '뭐지?' 하는 반응을 끌어낼 수 있다. 허를 찌르며 정신을 차리게 하는 것이다.

✚ 한두 글자 비틀어

처음부터 무리하지 말고 한 음절씩 바꿔보자. 기존 단어 중 한 음절만 비틀어보라. 아래 사례처럼 뜻이 새로워지면서도 기존 단어와의 인연은 지키는 비틀어가 만들어진다. 물론 두 음절 혹은 그 이상을 비틀 수도 있지만 우선은 하나를 붙들고 계속 다른 음절로 비틀어보는 게 쉽다.

－ 살짝 바꿔 다른 뜻(표기도 발음도 다른 예)
한산대첩 → 한식대첩 / 용비어천가 → 옹비어천가 / 독도 역사 망언에 어머나, 일본 관광객 줄면 어쩌나 / 일상에서 일생까지 / 페이스북 → 페니스북 / 투표 먼저, 그대 멋져 등

－ 같은 글자 다른 뜻 (동음이의어, 표기·발음이 같고 뜻이 다른 예)
주류(酒類)업계, 영원한 주류(主流)개척자 / 그대 어디로 가나, 가나초콜릿 / 보쌈을 시켰다, 오다가 보쌈을 당하셨나? 등

－ 다른 글자 다른 뜻 (유사음이의어, 표기는 다른데 발음이 같거나 유사한 예)
같이의 가치, 농협 / 나를 세우려면 날을 세워라 / 남은 빚만 있고 남긴 빛은 없나 / 오른쪽이 옳은 쪽? / 내일은 다시 없어 기나긴 항해 속에 걸고 내릴 닻이 없어(에픽하이 'Breakdown' 중) 등

발음이 비슷한 우리말과 외래어(한자, 영단어 등)끼리 비틀면 더욱 다양하고 재미있는 비틀어를 만들 수 있다. 우리말을 우리말로만 비트는 것보다!

고발뉴스 → Go발뉴스 / 화들짝→火들짝 / 아프리카, 아프니까 / 비보이 vs 배보이 / 베이글녀 vs 눈이글남 / 카톡보다 家톡 / 세상의 글을 잡다, 글Love / 바삭 → Bar삭 / 함께 그린 서울, 함께 Green 서울

'콩글리시' 전문가일수록 비틀어에 유리하다. 단어의 고정관념에 빠지지 않고 자유롭게 풀 수 있기 때문이다. 예를 들어 '보이스피싱'이란 기존 단어는 '걸스피싱'으로 비틀어볼 수 있다. 영어에 능통하면 'Voice'와 'Boys'는 전혀 다른 단어지만 된장식으로 보면 그게 그거기 때문이다. 쫄지 말자. 어차피 영단어든 한자든 대부분 알 만한 쉬운 단어로 비틀어야 하니까.

✚ 단어 바꿔 비틀어

위의 한두 글자 비틀어처럼 음절을 약간씩 비트는 차원을 넘어 문장 중 단어 하나를 전혀 다른 단어로 비틀어보자. 패러디에 매우 유용하다. 속담이나 명언 등 기존에 있던 문장의 단어를 새로운 단어로 대체하면 생각지 못한 비틀어가 마구 태어날 것이다.

노병은 죽지 않는다, 다만 사라질 뿐이다 → 쓰레기는 죽지 않는다, 다만 재활용될 뿐이다
인생은 짧고 예술은 길다 → 인생은 짧고 일회용품은 길다
뭉치면 살고 흩어지면 죽습니다 → 뭉치면 죽고 분리하면 삽니다
널리 세상을 이롭게 하라 → 널리 세상을 놀게 하라

✚ 덧붙여 비틀어

기존 단어에 한두 글자를 덧붙여 새롭고 확장된 의미를 만드는 비틀어. 다른 비틀어보다 난이도가 높다.

− 기존 단어 앞에 덧붙이기

사장인가 제사장인가, 이사인가 남이사인가, 국장인가 청국장인가, 차장인가 세차장인가, 대리인가 밧데리인가 / 사표가 아닌 출사표를 써라 / 부하에게 과부하 금지 / 층간 소음, 계층간 소음 등

− 기존 단어 뒤에 덧붙이기

스마일의 마일리지, 스마일리지 / 가수 알리, 널리 알리리 등

− 기존 단어 중간에 덧붙이기

무한도전 → 무한도그전 / 상해는 상전벽해 / 무엇이든 물어보세요 → 무엇이든 물어뜯어보세요 등

− 복합적 덧붙이기

서울_서로 울타리('서로 울타리'를 먼저 정해놓고 앞 글자를 따서 '서울'을 만든 게 아니다. 기존 단어인 '서울'을 재해석한 것) / 복권_행복 후원권 / 우리는 초록특별시에 산다

시민이 서로를 지켜주고 보듬어주는 서울을 표현한 슬로건을 만든 결과물이다. 처음엔 서울을 수식하는 슬로건을 만들려 했지만 마땅한 게 나오지 않았다. '서울'이라는 단어 자체에 답이 있었다. 서울 그 자체가 빛나는 슬로건이었다.

✚ 순서 바꿔 비틀어

글자들의 순서를 바꾸는 비틀어 사례. 소치 동계올림픽 피겨스케이트 편파판정 문제가 불거졌을 때 하상욱 시인은 이렇게 비틀었다! '러시아 아시러.'(하상욱 시인의 작품 중 상당수가 비틀어다.)

– 앞뒤 바꾸기
감동의 다른 이름, 동감 / 인연, 연인으로 이어질까? / 김성근 감독? 김근성 감독!

– 복합적 바꾸기
갑자기, 자기 갑!

✚ 띄어 쓰는 비틀어

띄어서 표현할 경우 약간 혹은 아주 다른 의미의 비틀어가 된다. 띄어 쓴 단어를 붙여 쓰는 경우도 마찬가지다.

– 철자 변형 없는 예
건강한 길, 건강 한 길 / 내일이 있다, 내 일이 있다 / 제목은 제 목을 걸고 지키겠소 / 산 책과의 산책 / 나이 먹어도 나 이뻐? / 다그침, 잠깐은 다 그침

– 철자 변형 있는 예
그리움, 글이 움 / 마시멜로, 맛이 멜로 / 신혼 끝, 깨 닮음을 깨달음

✚ 줄임말로 비틀어

주로 기존 단어들의 앞 글자(앞 음절)를 모아 만든다. 시간의 부족과 정보의 홍수 속에서 메시지를 짧고 강하게 전달해야 하는 요즘 세태에 들어맞는다. 다른 비틀어보다 상대적으로 쉬워 그동안 많이 사용되어왔다. 비번(비밀번호), 치맥(치킨에 맥주), 강추(강력 추천), 돌싱(돌아온 싱글) 등은 표준어에 가까울 정도로 흔하고 대중적이다. 젊은 층은 멘붕(멘탈 붕괴), 심쿵(심장이 쿵), 깜놀(깜짝 놀라다), 자삭(자진 삭제), 듣보잡(듣도 보도 못한 잡스러운) 등의 줄임말로 신조어를 창작하는 재미와 자기들만의 울타리를 만들곤 한다. 위의 예들은 단순 조합이라서 '이런 게 있다'는 선에서 끝맺는다.

- 앞 음절만 모은 예

오븐에 빠진 닭 → 오빠닭 / 청렴 사랑 초심 롱런 → 청사초롱 / 세상을 바꾸는 퀴즈 → 세바퀴 / 좋은 아침 서울 → 좋아서 / 아름다운 이들의 콘서트 → 아이콘 / 북(Book)과 새롭게 통하다 → 북새통

- 복합적 예

아이폰 식스 대란 → 아식스 대란 / 지키자 나의 예금 → 지금 / 누구나 홀딱 반한 닭 → 누나홀닭 / 임시 직원 → 임원

2. 반복의 원칙

단어의 끝 글자, 앞 글자 등을 같거나 유사한 글자로 반복하여 나열하면 귀에 쏙쏙 박힌다. 전달력이 강해진다. 전혀 다른 단어의 나열보다 훨씬 기억에 남는다.

✚ 끝 글자 반복 비틀어

자면 천사, 깨면 전사 / 대행할 것인가 자행할 것인가 / 항복하면 행복해집니다 / 동물의 결국, 인간의 왕국 / 넌 모르G~ 처음이G~ 이 얼마나 더 놀라운G~ 옵티머스G / 모두 변해가, 내 물건에 달라붙은 손때가, 기억 속 내가 자라왔던 동네가, 갈수록 매달 것이 느는 어깨가 (Fana의 '내가 만일' 가사 중)

힙합의 라임(rhyme)도 대부분 각운(脚韻) 위주다. 비틀어도 끝 글자의 반복이 보다 안정감 있고 전달력도 강하다. 끝 글자가 맨 마지막에 들리거나 보여서 마무리를 단단하게 해주기 때문이다.

✚ 앞 글자 반복 비틀어

접속이 많아지면 접촉은 줄어듭니다 / 스마트폰, 잡고 있습니까? 잡혀 있습니까? / 밟지 말고 밟으세요, 올리지 말고 올리세요, 잡지 말고 잡으세요 담지 말고 담으세요, 걸지 말고 걸으세요 / 동생과 동행, 동심으로 동행 / 변심은 변화의 시작 / 모 또는 도 뭐 돈은 곧 모두의 목숨이라 모조품 같은 몽상을 (Loquence의 〈Time To Go〉 가사 중)

위에 예로 든 힙합 라임은 '듣는 글'이라서, '보는 글'인 비틀어와는 상황이 좀 다르다. 예시로만 맛보고 참고만 한다. 비틀어에서는 '모'를 반복한 것으로만 지목했지만 힙합에서는 모, 도, 뭐, 목, 몽 등을 모두 라임으로 본다. 리듬과 멜로디가 받쳐주지 않는 문자 위주의 비틀어에서는 포용하기 어렵다.

✚ 같은 단어 반복 비틀어

남에게 자유를 줄 때 더 큰 자유를 느낍니다 자유시간 / 흐르는 세월은 멈출 수 없지만 흐르는 물은 멈출 수 있습니다 / 관리하지 않으면 관리대상에서 멀어집니다 / 플러그, 뽑는 것이 심는 것입니다 / 있나요 사랑해본 적, 영화처럼 첫눈에 반해본 적, 전화기를 붙들고 밤새본 적, 세상에 자랑해본 적
(에픽하이의 〈Love Love Love〉 가사 중)

힙합에서는 에픽하이의 〈Love Love Love〉가사에 나오는 '적'을 '라임' 중에서도 '각운(脚韻)'으로 본다. 비틀어에서는 '적'이 띄어 쓰는 의존명사인 만큼 '같은 단어 반복 비틀어'의 범주에 넣었다. 끝 글자 반복 비틀어와 구분이 어려울 수도 있겠지만 결과에 따른 구분에 집착하지 말고 창작에 몰두하면 되겠다.

3. 결합의 원칙

둘 이상의 단어가 결합되어 하나의 새로운 단어가 되는 비틀어. '고무+신'의 '고무신', '기와+집'의 '기와집'처럼 국어사전에서 흔히 보아온 합성어는 비틀어라 보기 어렵다. 비틀어는 새로운 의미를 주거나 그럴싸한 아이디어가 있거나 트렌드를 담는 등 뭔가 좀 달라야 하니까. 보통 신조어에 이런 비틀어가 많다.

✚ 둘이 합쳐 비틀어

나와 그녀가 결혼으로 부부가 되었듯, 서로 다른 단어가 비틀어로 만나 하나가 된다. 서로 아무 일 없이 결합되는 경우도 있지만 한쪽 편 혹은 양쪽 편의 철자가 희생하여 사라지는 아픔이 생기기도 한다. 결혼은 채우는 게 아니라 비우는 거라 하지 않았나? 인생은 그런 것이다. 비틀어도 그런 것이다.

– 희생 없이 하나 된 예
돌직구(돌+직구), 떡실신(떡+실신), 흙수저(흙+수저) 등

– 일부가 희생하는 예
페이스펙(페이스+스펙) / 나포츠족(나이트+스포츠족) / 트통령(트위터+대통령) / 겨터파크(겨드랑이+워터파크) 등

1장

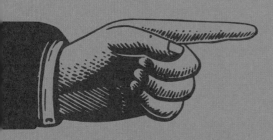

클릭하게 비틀어
- 제목이 조회 수를 결정한다

세상의 모든 본문은 호소한다.
"제목에 제 목이 걸렸사옵니다.
클릭하게 비틀어주소서!"
클릭해서 읽느냐 마느냐는
제목이 결정한다.
제목은 모든 것이다.

– 클릭스도전서 1장 1절

평범했던 단어가 비틀어를 통해 어떻게 변화(variation)
되는지 눈여겨볼 수 있다. 김건호식 비틀어와 그에 따른
스토리텔링을 보면서 비틀어 글쓰기 방법을 자연스럽게
익히자.

세상의 글들을 잡다
글love

글은 쓰는 게 아니다. 잡는 거다. 그래서 글love다.
지금 이 순간에도 수많은 글감들이 우리 주변을 날아다닌다.
당신은 사랑스레 잡아채면 된다. 그리고 비틀어라.
오늘도 즐거운 마음으로 글love를 낄 것!
당신도 나처럼 글로 벌지도 모르니까…….
글로벌 작가라면 더 좋고.

주민을 줌인하라

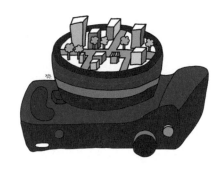

둘을 엮었다. 주민이랑 Zoom-in을.
이렇게 궁합이 잘 맞을 줄 본인들도 몰랐겠지.
두고 보라.
비틀어에 익숙해지면 좌우지간 단어지간 중매 설 일이 많아진다.
그들에게 양복 선물 받을 일은 없지만,
얼마나 훌륭한 제목이 되는지 지켜보는 맛도 훈훈하다.
제목이 아니어도 좋다.
지역 주민들의 삶을 담는 DSLR 동호회, 독립영화 동호회,
혹은 지역신문 기자의 슬로건으로 어떨까?
카메라와 관계없어도 좋다.
주민의 삶을 크게 들여다본다는 점에서
시민단체나 정치 슬로건으로도 좋을 것이다.

아프니까 아프리카

아프리카가 운다.
아프니까 운다.
코뿔소도 운다.
코끼리도 운다.

코 씨 성을 가진 그들은 요즘 코가 석자다.
뿔과 상아가 암, 정력에 좋다며
당사자들 허락도 없이 떼어간다니.
그러다 사람 엉덩이에 뿔날라.
사람이 큰코다칠라.

기대지 말고
기대하게 하라

"팀장님이 하라는 대로 했는데……."
"윗분들이 계신데 제가 어떻게……."
"역시 이사님이십니다. 찬성입니다."

무턱대고 윗사람에게 기대는 당신.
뇌까지 대리운전 맡기는 건 아닌지.
기대는 건 그만 하고
이제 기대하게 하자.

그대의 생각과 주관으로.

Tell語, 테러

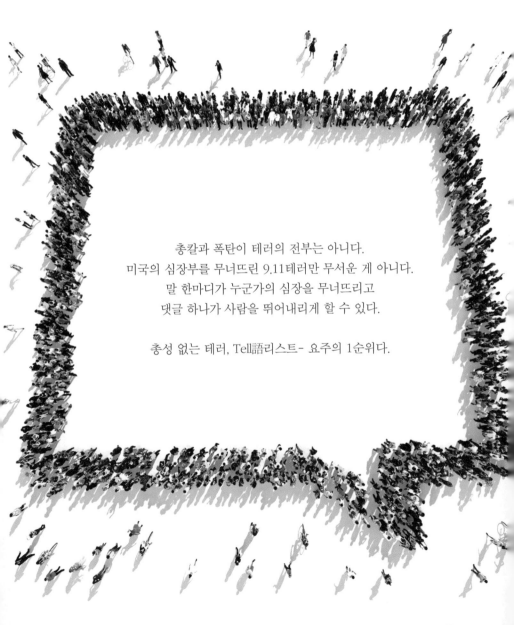

총칼과 폭탄이 테러의 전부는 아니다.
미국의 심장부를 무너뜨린 9.11테러만 무서운 게 아니다.
말 한마디가 누군가의 심장을 무너뜨리고
댓글 하나가 사람을 뛰어내리게 할 수 있다.

총성 없는 테러, Tell語리스트 - 요주의 1순위다.

그릇이 되거나
그릇되거나

좋은 걸 담는 그릇보다 좋은 그릇이 되고 싶다.
독한 것은 순하게 맛없는 것은 맛있게
생짜배기는 성숙하게 발효시키는
그런 그릇이 되고 싶다.
그릇된 삶은 싫다.

쨍그렁! 남의 눈에 그렁그렁 눈물 맺히게 하는
그릇된 삶은 포기하자.

감전의 행복
감동은 전할 때 더 행복하다

혼자 감동하면 조금 행복.
그녀와 함께 감동하면
조금 더 행복.
주는 감동이 더 큰 행복.
오늘 그녀를 짜릿~하게 감전시켜보라.
당신의 체온처럼 36.5볼트로.

같이 있는 삶
가치 있는 삶

나를 버티게 해준 건 결국 그대였다는 걸.
앞에 두고도 왜 몰랐을까.

"너같이 멋진 사람 때문에
내 삶은 가치 있는거야"

NASA,
지구와 우주를 연결하다

나는 인류가 달에 첫발을 디딘 1969년에 태어났다.
물론 '달 근처에도 못 갔다'는 음모론도 있지만
사실 그놈의 음모가 시작되면서 아버지랑 목욕탕엘 못 갔지만
결국 반강제로 끌려가긴 했지만
망할 음모여!

음모가 사실이든 아니든
난 이미 달에 마음의 첫발을 꽉 찍은 것으로 만족한다.
꿈은 그대로 지켜주고 싶다.
영화 〈그래비티〉와 〈인터스텔라〉는
지구의 일을 털끝만하게나마 볼 수 있게 해주어 고마웠다.
잠시나마……

그림이 셀까 글힘이 셀까

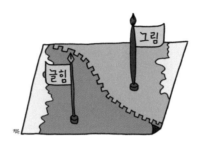

그림이 모든 얘기를 할 때가 있다.
그럴 땐 글은 빠져주는 게 예의다.
글이 모든 얘기를 할 때가 있다.
그럴 땐 그림이 물러나는 게 의리다.
서로 잘났다고 싸움박질하면 쌈박해질 리 없다.
둘 다 망한다. 그림도 글도 눈에 띄지 않기 때문이다.

갑자기 자기 갑

사랑에 있어 난 늘 갑이었다.
내 삶에 갑자기 찾아온 그대에게
갑의 자리를 빼앗겼다.
그대가 나를 을로 만들었다.
그대는 나를 울게 만들었다.

비단 남녀 관계뿐일까……
라이벌 관계, 회사 관계 등
인생의 모든 관계에서는 갑과 을이 존재할 수밖에…….

내가 찍은 여자들

나름 많은 여자들을 찍었다.
암묵적이든 살짝 반강제적이든 동의를 얻고 찍었다.
동의 없인 웬만하면 찍지 말자. 어쩔 수 없이 찍을 경우 모자이크하자.
인권과 초상권을 지켜주자.
신체 연구를 목적으로 하는 건 더더욱 안 된다.
그녀는 내 데이터 안에 살고 싶지 않을 테니,
찰칵찰칵 찍다가 철컹철컹 채워질 수 있으니……

당신이 안부를 물어주니
세상 누구도 안 부럽죠

'잘 지내?'

겨우 석 자의 글자지만 우습게 여기지 말자.
코가 석 자나 빠져 있던 누군가에겐
세상 누구도 부럽지 않은 큰 힘이 될 수 있으니.

느그 앱이 뭐하시노

앱인가? 건달인가?

스마트폰에서 놀고먹는 앱은 정리하자.

앱도 인간관계처럼 정리가 필요하다.

비워야 잘 채울 수 있다.

기다림 氣달임

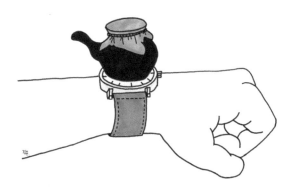

너에겐 1분, 나에겐 1시간…….
기다리는 사람의 시간과
기다리게 하는 사람의 시간은 같을 수 없다.

너무 오래 기다리게 하지 말자.
氣달이게 하지 말자.

애비게이션

"전방에 연속으로 과속 방지턱입니다."

남의 아이보다 앞서가야 한다는 강박관념은 아니었는지.

우리 집부터 미리 브레이크를 점검해야겠다.

다그침
잠시는 다 그침

다그치고 겁주면
잠시는 누를 수 있다. 그칠 수 있다.
하지만 그러다 다 그친 줄 안 휴화산이
더 크게 폭발할 수 있다.

대행할 것인가
자행할 것인가

제가 그동안 있어왔던 회사는 광고대행사,
즉 '대행'을 하는 곳이었습니다.

내 주장대로 하기 힘든, 내 생각이 담기지 않은,
나의 상사나 광고주의 목소리를 대신해주는…….
이해합니다. 그 세계는 원래 그런 곳이니까…….
그래서 저는 뛰쳐나왔습니다.

"자행(自行)하기 위해서…….."

(전진우의 〈청춘철학〉 팟캐스트 중에서)

춘곤증 늘곤증

"그 정도 미모로는
날 깨울 수 없어~"

어디 봄날뿐이랴,
사시사철 피곤한 시대인 것을.
가벼운 운동, 규칙적인 식사, 충분한 수면과 영양……
지극히 교과서적인 답들도 필요하긴 하지만
잠 깨는 데는 멋진 이성이 최고!
화면보호기부터 바꿔보시게!

무시하지 My소

내, 촌에서 올라왔다고
머라머라 카는데
무시하지 My소.

목마르면 한 모금!
시위대도 경찰도 관중도 잠시나마 즐거운
웰빙 시위!

비보이와 배보이

날씬한 비보이는 가라!
이제 배보이의 시대가 오리니!
거기, 배 보이는 그대여!
아닌 척 말고 이리 와 합류하시게!

눈초리
눈으로 때리는 회초리

피부색이 다르다고……
직업이 그렇다고……
멍청하다고……
늙었다고……
쪘다고……
말랐다고……
약하다고……
시집 · 장가 안 갔다고…….

다르다와 틀리다는 다른데…….
우리는 너무도 많은 눈초리로 자신은 물론
다른 이를 때리는 건 아닌지.

나를 세우려면
날을 세워라

근데……
날을 새운다고
날이 세워지는 건 아니더라.

그리**움** 글이 **움**

그리우면 글이 운다.
그리운 마음, 그리는 마음이
글을 울리기 때문이다.
그를 울리기 때문이다.

백문이 불여일검?

kobaco 한국방송광고진흥공사
공익광고협의회

백문이 불여일검?

아무리 검색이 대세라도
얼굴을 마주보며 답을 찾는 것만큼
좋은 커뮤니케이션은 없을 것입니다

하루에 한번은 마주 보세요
사람이 답입니다

사람들 사이에 말이 없어졌다. 질문도 없어졌다. 스마트폰에
다 나오니까. 네이버나 다음에 물어보면 해결되니까. 잊혀져
가는 동료의 얼굴, 사라져가는 가족과의 시간을 지켜야 한다.
질문은 회복되어야 한다. 그 마음을 담아 '백문이 불여일견'
을 '백문이 불여일검?'으로 비틀었다.

다 윗사람 골리앗

왜 '다윗'은 작은 사람의 상징일까?
자기 빼고 '다 윗'사람이라서?
'골리앗'은 왜 크고 센 사람의 상징일까?
상대방을 골로~ 앗! 보낼 수 있어서?
골리앗 자신이 골로~ 앗! 갔지만.

세상의 모든 다윗이여, 신입이여.
윗사람에게 돌팔매는 못 날려도
돌직구는 날려라.
참신함을 무기로!

동물의 결국
인간의 왕국

한때 〈동물의 왕국〉이라는 유명한 동물 다큐멘터리 프로그램이 있었다.
이젠 동물이 왕 노릇 하는 곳은 찾기 어려운 시대에 살고 있다.

인간의 왕국이 된 자리엔 동물은 쫓겨나거나 구경거리로 전락해버린 지 오래. 〈아마존의 눈물〉 보셨는지? '지구의 허파'라 불리는 아마존은 2012년 브라질 삼림법 개정 이후 더욱 급속히 파괴되고 있다고 한다.

우리가 파괴하는 것은 나무일까? 우리 자신일까?

모자라서 모자이크

친구들과 찍은 사진,
모자란 머리, 모자이크로라도 가리고 싶어~
하지만 장난꾸러기 친구가 머리 주변만 모자이크하면 낭패~
모자란 머리, 모자 안에 감추고 싶어~
하지만 모진 바람에 모자가 날아가버리면 이크~

세상을 환하게 한다고?
날 화나게 하지마!

당근 좋지, 조기 있네, 한 달에 두 번 꼭 가지

전통시장에서 많이 볼 수 있는 당근, 조기, 가지 셋이서 자신들의 이름으로 대화를 한다. 자칫 무거워질 수 있는 전통시장 홍보를 가볍고 재미있게 비틀었다.

천만의 말씀

시민의 삶을 챙기는 것이 가장 중요하지만 글로벌 경쟁력을 갖추는 것도 못지않게 중요하다. 그런데 '서울' 하면 뉴욕이나 런던 같은 세계 유명 도시와 어깨를 견주기엔 부족하다는 인식 또한 많다. 그러나 실제 서울의 도시경쟁력은 인식과는 달리 높은 수준이며, 편견을 갖지 말라는 것을 '천만의 말씀'이 말해준다. 서울시민 인구가 천만이니 '천만 시민의 말씀'이란 뜻도 된다. 비틀어는 이렇게 기존의 상식에 일침을 가할 때도 유용하게 쓰인다.

듣보잡이 독보job

'듣도 보도 못한 잡스런 것'이란 뜻으로
폄하의 의미로 쓰이는 신조어 '듣보잡'…….
그런데 사실 남들이 다 알아줄 정도로 '이름난' 것은
그만큼 들어갈 구멍이 없는 레드 오션.

남들이 듣보잡이라고 해도 나만이 할 수 있는 독보적인 일이라면
그것이 나에겐 독보잡.

리본 Reborn

Reborn

미안하다고 하는 것도 미안하다.

잊지 않겠다고 하고는 잊고 있어 미안하다.

천안함에서 세월호까지 귀하지 않은 생명이 어디 있으랴.

어디선가 또 다른 모습으로 행복하게 살아주었으면······.

마시멜로, 맛이 멜로

국민 간식 초코파이에 들어가는 하얀 부분도 마시멜로.
제대로 발음하자면 '머쉬멜로우(marshmallow)'.
저 부분을 먹을 때면 긴장이 살짝 풀리며
잠시 멜로드라마가 펼쳐진다.
모든 재료가 다 중요하지만 저게 끝판왕이다.

중요한 건 보이지 않는 곳에서 활약한다.
큰 사랑은 보이지 않는 곳에 숨어 있다.

만우절 마늘절

마눌절이 있으면 좋겠다.
"미워 죽~겠어"라는 거짓말,
"으이그 웬수~"같은 밉지 않은 거짓말을 할 수 있는…….

364일은 사랑한단 말을 참말로 많이 해주고,
남은 하루는 거짓말로 숨통 틔워주는
만우절 같은 마눌절이 있으면 좋겠다…….

Missing you 미싱油

시간이 재봉틀 …

그 사람을 잊기로……

그 사람에 대한 이야기는 입 다물기로 한 당신.
그래도 알게 모르게 그 사람 이름이 튀어나오겠지.
취중이건 몽중이건 무의식중이건…….
아직도 그 사람을 잊지 못하냐고 스스로에게 묻겠지.
입을 봉하고 싶은가? 미싱油도 필요하겠군.
시간이 재봉틀. 시간은 미싱油.

믿음엔 미디움이 없다

내가 잘 구워졌는지
믿음? 안 믿음?

적어도 '믿음'이란 타이틀을 가지려면······
그것이 종교든 부부든 상하든
친구든 부모 자식이든······
'Midium'은 없다.
믿거나 말거나일 뿐······.

발렌他人데이

나와 상관없는 타인들의 날, 발렌타인데이.
달력에서 하얗게 지우고 싶은 날, 화이트데이.
세상의 솔로들이 술로 지새우는 날.
솔로는 술로 죽는데이! 커플은 좋아 죽는데이!

방사능, 반사능

나에게 반사 능력이 있다면

가장 먼저 일본 방사능부터 반사하고 싶습니다.

색깔도 냄새도 없이 우리의 먹거리 어딘가에

있는지 없는지도 모르게 잠입해 있는 녀석들을

원래 있던 곳으로 돌려보내고 싶습니다.

나의 봄날
너를 본날

과학자들은 남녀 간의 사랑을
'두뇌의 화학작용'으로 풀이합니다.
단계별로 분비되는 다양한 호르몬에 따라 사랑의 감정이 진행되고
일정 기간 후 항체가 생기면서 시들해진다나요?
그런 말을 하는 과학자들도 사랑에 빠질 것이고
상대에게 사랑은 두뇌의 화학작용일 뿐이라고 말하진 않겠지요.
사랑, 과학만으론 설명할 수 없는 뭔가가 있습니다.

베이글녀 눈이글남

매의 눈을 넘어 Eagle의 눈으로!

이글거리는 두 눈을 감추려면

선글라스 필수.

부하라고 과부하 걸지 마

부하직원과 상사의 생각은 다르다.
일도, 휴식도, 야근도…….
살아온 궤적이 다르기 때문에
같은 단어를 두고도 서로 다른 개념을 갖기 쉽다.
부하직원의 한계선,
즉 과부하가 시작되는 선은 어디일까를
파악하는 것도 상사가 갖춰야 할 지혜다.

Bottle 비틀 Battle

'딱 한 병만~'은
상사의 공허한 약속.
누가 먼저 비틀대는지 보려
배틀이라도 벌이시려나.
마셔 마셔 권하다가
직원들 병납니다.
일로도 충분히 지친 사람을
술로 더 지치게 하지 마세요.

"일이 술술(?) 풀리네요 ~딸꾹"

보고 또 보고, 상사병 걸리겠네

어디를 고쳐야 할지
큰 틀에서 방향을 잡아주는 상사가 있는가 하면
오탈자, 문맥 등 작은 부분만을 트집 잡으며……
계속 재보고만 요구하는 상사가 있다.

상사를 보고 싶지도, 보고하고 싶지도 않은 신종 '상사병'.
당신이 이 병에 걸린다면 어떻게 극복하겠는가?

길에서 잠들면
영원히 잠들 수 있습니다

길에서 잠들면
영원히 잠들 수 있습니다

술은 양만큼! 잠은 집에서!

가족이 기다리는 집이 세상에서 가장 안전합니다.
추울 때일수록 일찍 귀가하세요.
생명보다 귀한 술은 없습니다.

kobaco 한국방송광고공사
공익광고협의회

'길에서 잠들면'에서의 '잠'은 '수면으로서의 잠'이지만 '영원히 잠들 수 있습니다'에서의 '잠'은 '죽음'을 의미한다. 술과 인간관계도 좋지만, 생명을 위협할 만큼 감당할 수 없는 술은 자제하자는 메시지다. 남 얘기 하고 있다⋯⋯.

변태

김건호 자기소개서

변 태

변하여 새롭게
태어나는 사람,
김건호 들여다보기

자기를 '변태'라고 소개한다면 어떤 인사담당자도 쉽게 지나
칠 수 없을 것이다. 이 자기소개서 타이틀은 다른 광고회사로
이직할 때 큰 역할을 해주었다. '변태' 하면 떠오르는 선입관
때문에 오히려 더 집중하게 되고 사실은 그런 '변태'가 아니
라 '변하여 새롭게 태어나겠다'는 각오를 알리는 비틀어.

오늘은 네맘대로

2000년대 초반 젊은이들의 선호 차종이었던 코란도CT의 라디오 광고. 자동차가 길을 달리는 것이니 '대로'를 연상하게 되었고 처음엔 서울의 유명한 '대로' 이름들로 가다가 '네 맘대로'라는 반전으로 비틀었다. 성우분의 후일담에 따르면 당시 젊은 층에게 '오늘은 네 맘대로!'가 유행어가 되었다 한다.

사표가 아닌
출사표를 써라

홧김이나 궁여지책으로 내는 사표는 스스로를 좀먹는 死票.
사표는 새로운 세상을 향한 각오가 녹아 있는 출사표여야 한다.
제갈공명이 출사표 하나에 애국심과 충성심을 절절히 담아
사람들을 울렸듯 직장인의 사표에는 나와 가족을 사랑하고
전 직장과 새로운 직장까지 아우르는
처절한 고민과 비전이 담겨야 한다.

사표가 제갈이 되느냐 재갈이 되느냐,
공명이 되느냐 공갈이 되느냐는
결국 당신이 만들기 나름.

4랑 했니? 5! 슬프다

인간은 관계가 중요하다.
누구와 어떤 관계를 맺고 살 것인가.

삼각관계는 밀당이 중요하다.

홀로 편의점에서
눈물로 간 맞춘 삼각김밥을
먹지 않으려면…….

甲 옷벗기

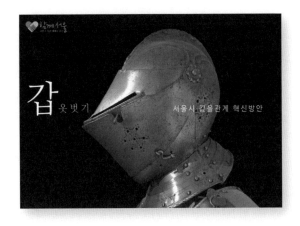

갑을관계는 민간에만 있지 않다. 서울시와 각종 계약을 맺은 업체, 기관들이 서울시와 갑을관계가 되면서 불협화음이 종종 발생한다. 을의 설움을 풀어줘야 하는 것도 사실은 갑의 몫. 그래서 나온 갑을관계 혁신대책.

'갑'으로 시작하는 단어를 줄기차게 찾다가 '갑옷'에 눈이 번쩍 뜨였다. '갑옷'에서 연상되는 이미지는 두껍고(낯 두껍고), 방어적이고(나 잘못 없어 너희들 잘못이야), 권위적이고(에헴, 나를 따르라)…… 등 갑의 행태와 너무도 잘 맞아떨어졌다.

기사도

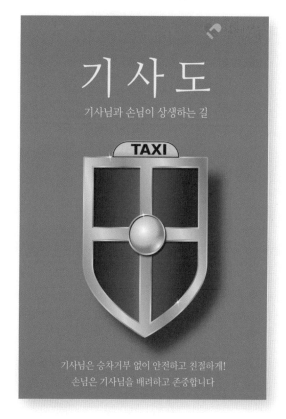

서울시 택시 서비스 종합대책을 알리는 홍보물. 기사님에게 손님을 보다 더 안전하고 친절하게 모실 것을 거부감 없이 전달하기 위한 비틀어. 단순 강요가 아니라 비전과 사명의식을 자극하여 전달하면 효과적이다.

설, 설설 기어도 설렘

눈길, 빙판길에서 브레이크를 확 밟으면 차가 돌아버린다.

속도를 안 줄이면 생명이 줄어든다.

눈 오는 날엔 차를 가지고 나가지 않는 것이 상책!

하지만 명절은 다르다. 특히 아이가 있는 집은 자가용이 필수.

어차피 차가 밀려 설설 길 수밖에 없지만

그래도 설레는 건 손주 얼굴 보고 십 년은 젊어지실 어머님 때문.

See눈,
보는 눈을 싹틔워라

사람을 보는 눈, 작품을 보는 눈, 조직을 보는 눈,
판세를 보는 눈, 경제를 보는 눈, 철학을 보는 눈, 종교를 보는 눈…….

세상을 보는 우리의 시력은 어느 수준인가?

산 책과 산책

꽃처럼 반짝 피었다 사라지는 책이 있다.
수백 년이 지나도 진득하게 읽히는 나무 같은 책이 있다.
독자들도 대를 이어 읽는 책!
생명력이 긴 책이 독자에게 생명을 준다.
그것이 살아 있는 책이다.
오늘은 산 책과 산책하고 싶다.

내 허물을 사하라

빈 생수병 하나, 땀 한 방울조차도 무겁게 느껴질 열사의 땅.
제 아무리 부자라도 가진 것 대부분을 내려놓을 수밖에.
'완벽'이란 더 이상 뺄 것이 없을 때 완성된다고 생텍쥐페리는 말했다.
인생은 사막을 가로질러 가는 과정이 아닐까.

불필요한 짐을 내려놓듯 지난 허물, 아픈 기억들까지 하나하나 떨구며……
햇볕에 사르며……
그렇게 걸어갔으면…….

스스로를 용서할 수 있었으면 좋겠다.

시니컬?
시니어 컬처로 극~복

어르신 중에 표정이 밝은 분을 찾기는 참 어렵다. 살아온 세
월의 무게가 달라서인지 이 꼴 저 꼴 많이도 보아서인지 무
표정 또는 시니컬한 경우가 많다. 어르신의 표정을 밝게 하는
데는 손주만한 게 없지만, 손주를 늘 볼 수 있는 어르신도 흔
치 않고 손주 없는 어르신도 많으니……. 만약 시니어를 위한
컬처 프로그램이 지역별로 잘 받쳐준다면 어르신들의 표정도
점점 밝아지리라.

Talk 까놓고 말하자

의성어인 '톡'과 'Talk'을 연계시킨 비틀어. 광고회사 때 만든 내부 커뮤니케이션 포스터라 톡 쏘는 어투가 잘 어울린다. 군이 정제된 어투를 쓸 필요가 없어 더 자유롭게 비틀 수 있다.

고삐리여
최후의 고삐만은 놓치지 말게

비리여,
최후의 고삐만은.

지금이 고비.
인생의 고비사막.
알아. 나도 그때 그랬으니까.
그래도 그땐 왕따도 경쟁도
지금처럼 심하진 않았어.
지금이 더 힘들 거야.

그래도 너무 막 가지는 마시게.
벼랑 앞에서 멈춰 설 수 있는
최후의 고삐만큼은 잡아두시게.

지혜의 식스펙,
Six spec

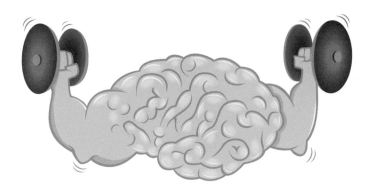

학벌, 학점, 토익, 자격증, 어학연수, 수상경력……
듣기만 해도 머리 아픈 취업 식스펙!
그보다는 꿈, 꾀, 꼴, 끼, 깡, 끈이 우대받았으면.

토익 900점이 넘치는 시대,
어지간한 스펙으로는 어림없는 시대,
일해보기도 전에 숱한 고배부터 마셔야 하는 청춘들에게
힘내라는 말은 오래전 취업한 나의 사치스런
오지랖일까…….

당신의 스마일은
몇 마일리지인가요?

웃는 게 좋다는 건 다 안다. 웃을 일이 많지 않아서 문제다.
만약 우리더러 '무조건 웃고 살아라' 권하는 주체가 우리를
화나고 슬프게 하는 인간들이라면? 오! 그것은 차라리 공포
다. 행복, 기쁨, 희망, 활짝 등 좋은 단어들이 의도적인 계몽의
앞잡이가 된다면 그 단어들에게 참 미안해질 거다.

그럼에도 불구하고 우리…… 웃어야 한다. 그래야 분노할 힘,
저항할 힘, 같잖은 것들을 비웃어줄 힘이 생기니까.

더불어, Double A

혼자만 A면 우쭐,
함께 A면 友쭐.
1등 자리 한가운데 독차지 말고 옆으로 조금만 이동.
친구 자리를 만들어주자.
언젠가 친구도 당신을 그런 자리로 끌어올려주지 않을까?
않을 거라고? ㅠㅠ.
친구 관계가 안 좋은가 보균. ^^;

왜 놈이 되자

게임을 뒤집는 조커

아이들은 '왜?'라는 질문을 하루에도 수백 번 한다.
스필버그는 아이 적에 피아노에서 왜 이런 소리가 날까
궁금하여 피아노 속까지 들어가기도 했다.
에디슨은 말할 것도 없고.
세상의 위대한 발견이나 발명은 대부분
'왜?'라는 질문이 만든 것!
그대, 오늘 하루 몇 번이나 '왜?'라고 물었는가?

와이프 와이쁘 와이퍼

와이프에게 '와! 이쁘다' 할 수 있는 때는 고작 몇 년…….
겉모습 이쁜 건 오래 못 가니까(원판불변의 법칙이 있긴 합
니다만……)
다른 이쁜 구석을 찾아내고 인정해줘야 한다.
먼 훗날 당신의 눈물을 닦아줄 와이퍼가 되어줄 수도 있으니까.

넌 내 '안에' 있기에 '아내'라 한다.

이간질 입간질

입이 간질거릴 때 조심해야 하는데 잘 안 돼.
술 마시다 할 말 없으면 남의 얘길 해.
좋은 얘기보다는 흉을 보게 돼…….
이를 어쩌나…….
입을 어쩌나…….

이랴 일하
채찍 그만 난 말이 아냐

소처럼 말처럼 시키는 대로 일하는 젊은이가 얼마나 될까.
'나는 그렇게 일했으니 너희도 그렇게 일해라',
'나도 당했으니 너희도 당해봐라'…….

부하직원에 대한 생각과 태도는 변해야 한다.
시대도 변했으니까. '나' 중심에서 '함께' 중심으로…….
'꼰대'보다는 '융통성이 있는 상사'가 낫다.

입 말고
일로 말해

입으로는 누구나 잘한다. 뭐가 이상하고 뭐가 잘못되었고…… 따지는 걸 보면 다들 교수고 학자다. "그래서 어쩌라고? 좀 해 와봐라!"라고 해보면 제대로 대안을 가져오는 사람은 거의 없다. 기껏 한다는 얘기가 자기 머릿속에 대안이 있단다. 그것은 대안이 아니다. '안 돼!'일 뿐이지.

오른쪽이 옳은쪽?

왼쪽 길은 그만 가고 오른쪽 길로 다니란다. 오른쪽 길로 가
는 게 옳단다. 그동안 모든 사람이 익숙하게 애용했던 왼쪽
길은 잊으란다. 우리가 무슨 좌경용공도 아닌데…… 고개를
끄덕일 만한 홍보도 충분한 공감의 과정도 없었다. 거의 일방
적이고 알아듣기 힘든 통보였고 시행이었다. '오른쪽 길을 이
용하시오!' '우측통행' 등의 딱딱한 명령어가 당시의 거리를
도배했었다. 좋다. 오른쪽이 무조건 옳으면 그렇게 해야겠지
만. 토 달지 말고 따라야 하는 게 국민이라면 그렇게 해야겠
지만.

자면 천사 깨면 전사

전사가 휘두르는 칼과 화살에 하루에도 몇 번이나 기절하고 나가떨어져야 하는 힘없는 아빠이지만, 기분은 왜 이리 좋은 걸까요?

딸은 자면 천사, 깨도 천사입니다. 공감? 아니라고요? 그런 딸을 키우시는 분은 '아딸'을 키우시는 거 아닐까요? 아들 같은 딸!

노력? No 力!

노오~력이 부족하다니요.
이제 낼 힘도 없어요.
막연히 노력해라, 힘내라는 말 대신
청년에게 힘을 주세요.
"내가 젊었을 땐!"은 힘을 빼지만
"많이 힘들지?"는 힘을 더합니다.

제 목을 걸고
제목을 지키겠소

카피라이터에게 헤드라인은 목숨이다. 헤드라인은 인쇄광고의 제목이다. 소비자에게 전하려는 메시지를 한마디로 응축시킨, 한 광고의 얼굴마담 격이다. 그런 헤드라인이 광고회사 내부는 물론 광고주에게 컨펌 받는 과정에서 전혀 다른 모습으로 틀어지고 변하기 일쑤다. 그런 아픔을 오래 겪다 보면 '어차피 변할 것을 대충 쓰지……' 하며 체념하기 쉬운데, 그렇게 마음먹게 되면 카피라이터의 인생은 끝났다고 봐야 한다. 이름을 거는 수준을 넘어 목숨을 걸고 헤드라인을 써야 하기 때문이다.

층간 소음 계층간 소음

아파트가 대세인 대한민국은 층간 소음 공화국이다. 아이 뛰는 소리, 변기 물 내리는 소리, 샤워 소리…… 구글 글래스를 끼지 않아도 위층의 모든 일상이 눈앞에 펼쳐진다.

아래층은 당연히 힘들고 위층 또한 양심이 있다면 고통스러울 수밖에. 예민함의 정도나 소음의 기준 또한 저마다 다르기 때문에…….

그런데 층간 소음보다 더 무서운 소음이 있으니 그것은 바로 계층간 소음! 살아온 환경이 다르고 생각이 다르며 나이나 서열이 다른 데서 오는 소음…… 이 문제의 해결이 더 시급하지 아니한家!

철석같이 믿다
철썩 뺨 맞는다

타인과의 관계만을 이야기하는 것은 아니다. '내 자리는 튼튼하다', '나는 병에 안 걸리며 건강하다', '나보다 더 전문가는 없다', '나는 모든 일이 잘될 것이다'와 같은 자기 확신에, 근거와 노력이 뒷받침되지 못한다면? 언제든 뺨 맞을 수 있단 이야기다.

누구에게? 자신에게!

Cook Cook,
웃으며 요리하자

웃으며 요리하자. 요리도 웃는다. 내가 만드는 음식에 아이가
맛있어하는 상상, 아이의 뼈와 살이 쑥쑥 자라는 상상을 해보
자. 도마는 드럼이 되고 주걱은 탁구 라켓이 될 것이다. 아무
리 소문난 맛집 음식도 엄마의 집밥만 못한 게 그런 이유 아
닐까.

카톡보다 家톡

"마주치는 눈빛이 무엇을 말하는지…… 아 사랑인가 봐~ ♪"

(주현미 '짝사랑' 중)

마주치는 눈빛이 자칫 주먹을 부르는 무서운 세상, 다행히도
요즘은 그 위험이 완연히 줄어들고 있다 한다. 사람들이 서
있을 때나 걸어갈 때 무언가를 붙들고 묵념을 하기 때문이다.
신앙심이 보통 깊지 않고서야 어찌 그리 묵념을 오래 할 수
있을까. 염주와 십자가를 뛰어넘는 21세기 신앙, 스마트폰!
그에 걸맞게 전 세계 1억이 넘는 회원을 확보하고 있다는 카
카오톡 또한 신앙이 되어버린 지 오래다. 입이 해야 할 일을
손이 대신하는 건 아닌지, 가족을 바라봐야 할 눈이 화면만
바라보는 건 아닌지…….

너를 여는 Keys, Kiss

키 세 개가 없어 여자가 없다고? 아파트 키, 자동차 키, 남자 키? 기 죽지 말어! 인력으로 Key나 키를 늘릴 수 없다면 끼를 늘려보면 어때? 여자의 마음은 끼로 여는 거거든!

여자를 키키키 웃게 해주는 끼! 개그맨들이 왜 그리 미인들을 차지하겠나? 여자가 입을 열 정도로 웃어야 키스의 여지도 커지는 거 아니겠어?

코파이더맨

아들은 코파이더맨이다. 엄마 몰래 손으로 갱도를 뚫고 들어가 까무잡잡한 광물을 캐내곤 한다. 그러다 가끔 수도관을 잘못 건드려 빨간 물이 새기도 한다. 뒤늦게 알아챈 엄마, 갱도를 긴급 보수한다.

"너 또 팠지? 내가 못 살아!"

아빠도 덩달아 훈수다.

"네가 코피 아난이냐 코피 아뉘냐? 그건 코딱지야, 그걸로 딱지도 못 쳐. 너 자꾸 파면 출입금지 딱지 붙인다."

썰렁해지며 아들의 코가 굳는다.

프리랜서 풀리랜서 파리랜서

프리랜서는
맡은 일을 잘 풀고
클라이언트의 문제를 잘 풀어주는…… 풀리랜서.

그러나 일이 없으면 파리 날리는,
그것이 계속되면 얼굴이 파리해지며
그것이 계속되면 파리 목숨인 파리랜서…….

해피Bus데이

버스도 어리둥절했을 것이다.
금테 두른 것도 아닌데,
옷 한 번 갈아입었을 뿐인데,
아이들이 서로 타겠다고 울고 불며 달려드니…….

그렇다. 서울시 시내버스는
2014년 3월 26일 다시 태어났다.
'타요'라는 이름으로…….
아이도 버스도 즐거운 해피Bus데이!

흑마늘 흑마늘

마늘님께서 가내수공업으로 만들어주신 흑마늘…….

단군신화의 곰처럼 독한 냄새 참아가며 만들어 하사하신 것
은 그만큼 깊은 뜻이 있을 것이다. 우리 마늘은 절대 흑심 품
은 마늘이 아닐 것이다.
흑…… 밤에 더욱 힘내라는 뜻은 절대 아닐 것이다.
흑흑…….

그물에 걸리기 전
그 물에서 나와

하지 말아야 할 것이 있다.
섞이지 말아야 할 곳이 있다.
근묵자흑(近墨者黑)이란 말이 괜히 있겠는가.
그 물에서 놀다 그물에 걸린 뒤엔 도와줄 이도 없다.

그물에 걸리기 전 그 물에서 나와라.
그물에 걸리지 않는 물처럼
그렇게 매이지 말고 흘러가라.

휴대폰 3代

정들만 하면 헤어진다.
길들만 하면 떠나간다.
휴대폰은 3대지만 代가 너무 짧구나.

진짜 큰 사람 되세요

하루에도 몇 번씩
컸다가 줄어드는 당신!
그래도 꿈은 줄이지 마세요!

부착금지 스티커, 스토커

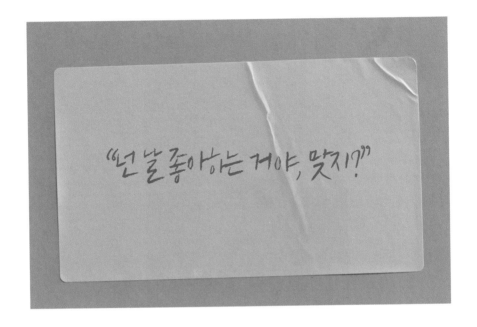

"넌 날 좋아하는 거야, 맞지?"

붙으라는 돈은 안 붙고
스토커만 달라붙네.
떼도 떼도 다시 붙고
상처만 남는
불법 스티커, 스토커여!

님에게는 사랑이지만
그녀에게는 死랑입니다.

월급은 **모이**,
회사로 **모이**게 하는 힘

프리랜서의 삶을 부러워하면서도 스스로
먹이를 찾지 못하면 죽기 좋은 야생의 현실
을 알기에 매달 밀물처럼 들어오는 모이 앞
을 떠날 수 없다. 썰물처럼 더 많이 빠져나
가 문제지만. 언젠가는 그 모이마저 끊기는
날이 온다는 게 문제지만.

모든 걸 받아주는 바다

쿨한 척
착한 척
못 본 척
고고한 척……
척 하는 나를
척 보고 아네.
그래도 내 모든 걸 받아주네.
모든 걸 자기에게 버리라 하네.

Drama는 Dreamer에게만 펼쳐진다

가만히 있는 사람에게는 아무 일도 일어나지 않는다.
어려움에 부닥치고 저항을 받는 건
그만큼 살아 있다는 증거다. 꿈이 크다는 증거다.
Drama의 주인공이 되는 것을 두려워 마라.
Dreamer만의 특권이니까.
꿈을 두드리는 Drummer만의 특권이니까.

고수는 고수하지 않는다

자기 방식만을, 자기 생각만을,
자기 연장만을 고수하지 않는다.
고수가 고수다운 건
무언가를 무대포로 고수하는 데 있는 게 아니라
자기 정체성을 지키면서도
시대와 상황에 맞게 변화할 줄 아는
포용력에 있다.

어마어마 엄마

왜 사람들은 깜짝 놀랄 때
'엄마야!', '어머나!'라고 할까?
세상에서 가장 어마어마한 직업,
EBS 〈극한직업〉에서 다뤄야 할 직업은
엄마다.
그런 어마어마한 엄마도 힘들 때가 있다.
사랑한다는 말을 애인에게만 남용 말자.
엄마에게는 생에 한마디만으로도 최고의 보약이다.

손Top이 되자

지친 어깨를 감싸주는 손Top
무거운 짐을 나눠 드는 손Top
위험한 일을 막아주는 손Top
손은 행동으로 말하는 입이다.

내공을 키우려면
My Ball을 외쳐라

내 일 아니라며 뒷짐 지지 마라.
내 영역 아니라며 관심 끊지 마라.
사원일 때 사원으로 일하는 사람과
사원일 때부터 사장이라 생각하고 일하는 사람의 끝은
같을 수 없다.
크게 보고 넓게 누벼라.
내가 팀장이고 사장이라면
어떻게 생각하고 행동할까를
끊임없이 자신에게 물어보며 글러브를 키울 때
내공 또한 몰라보게 커질 것이다

지각은 몰지각이다

아주 가끔 정상 출근과
아주 가끔 지각은 하늘과 땅 차이인데
서로 다르지 않다며
쉴드치지 마라.
상습 지각은 자각 증상 없는
사내 질환으로
급속한 전염 및
의욕 저하증을 초래할 수 있다.

어머니가 어? Money?

자식에게는 뭐든 다 주고 싶은 게
어머니라지만,
어머니를 Money로 보는 너 뭐니?
다 뽑아먹고서
힘없고 쪼그라들 때 괄시하면 되겠니?
근데 왜 자꾸 이 글이
나 자신에게 조심하란 소리 같니?

새우의 허리를 세우지 마라

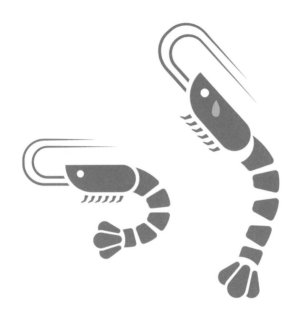

그에겐

원래의 허리가

곧은 허리다.

그래야만 한다는 건
야만일 수 있다

자식이 원하는 삶이 아니라

당신이 원하는 대로

넌 꼭 그래야만

그렇게 되어야만 한다는 강요는

당신을 '-야만'인으로 만들기 족하다.

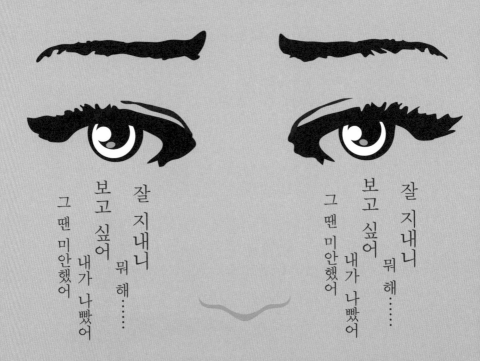

잘 지내니
뭐 해……
보고 싶어
내가 나빴어
그땐 미안했어

잘 지내니
뭐 해……
보고 싶어
내가 나빴어
그땐 미안했어

내 안에 얼룩 말이 산다

눈물로 얼룩진 말

너에게 못한 그 말

마음에 묽은 그 말

사랑해라는 그 말

매력이 아니길 빈다

너의 박수가 매의 힘이 아니길,
너의 점프가 매의 힘이 아니길,
너의 재롱이 매의 힘이 아니길,
너의 매력이 매의 힘이 아니길 빈다.
매의 힘이 맞다면
보는 내 가슴이 매 맞는다.

속보입니다
속 보입니다

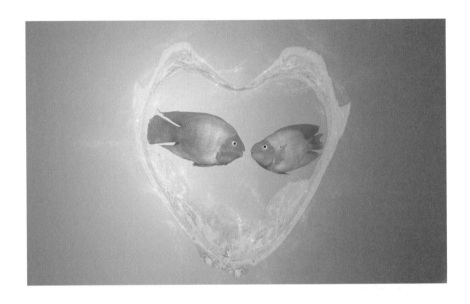

방금 들어온 속보입니다.
친구들 인터뷰 왈
당신 속이 훤히 보인답니다.
근데 왜 내 눈엔 안 보일까요.
어장관리라는 걸 알면서도
당하기만 하는 난 바보입니다.

금·은·동상만이
세 상의 전부일까?

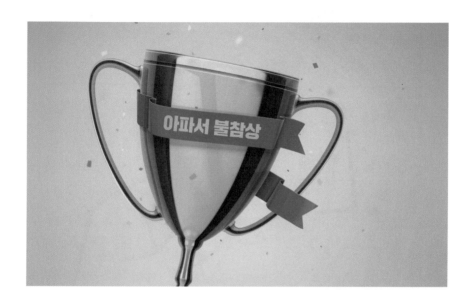

아파서 불참상

어중간상, 꼴찌상, 꼴찌 손잡고 뛴 상,
건강상 불참상, 우거지상, 중도포기상...
세상의 상이 금 · 은 · 동 세 가지만은 아닐 때
세상은 더 행복해질 수 있다.

엄마들,
이름을 잃음

누구누구 엄마로 부르지 말고
이름을 불러주자.
가끔씩이라도.

냉장고는 냉정하게

감자에 싹 튼 게 사랑은 아닐 것이다.
깻잎이 처진 게 위로를 원하는 건 아닐 것이다.
사과가 주름 잡는 게 경력 자랑은 아닐 것이다.
상하기 전에 돌아보고
상한 후에는 냉정하게.
냉장고는 음식 교도소가 아니다.

2장

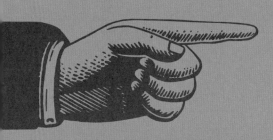

센스 있게 비틀어
- 언어유희로 비틀면
문장이 날개를 단다

한마디 센스가 마음을 연다

"계속 네 얘기만 할 거야?"

"?"

"세상에 비틀어로 만들어진 게 얼마나 많은데, 네 재주만 내세워?"

"……."

"우리를 건호 안 개구리로 만들지 말게!"

"!"

"센스 있는 비틀어 좀 보여줘봐!"

"!!!!"

세상에 나와 있는 다양한 비틀어 사례들을 만나보자.
'저자라면 어떻게 풀었을까?'의 답도 만나보고 함께
실습도 해보자.

기사 제목⁽뉴스⁾ 비틀어
'기사'회생의 한마디

기사 제목에는 비틀어가 많다. 한 방에 잡아야 하니까. 온라인 기사의 힘이 커지면서 더 그렇게 되었다. 신문기자가 될 것도 아닌데 왜 봐야 하냐고? 응용! 잘 알면서…….

[한자(漢字) 비틀어 기사]

신문기사는 발음이 같은 한자와 한글의 중의적 의미를 활용한 비틀어가 상대적으로 많다. 독자층이 성인층이라 한자에 익숙하다는 점은 물론, 눈과 마음에 딱 걸리는 기사, 쉽게 이해가 가면서도 곱씹는 맛이 나는 기사를 만드는 데 한자를 활용하는 게 제격이기 때문이다.

火들짝 〈국민일보〉
'깜짝 놀랄 화재 사건'의 비틀어.

春香아, 어여 올라오너라 〈충청투데이〉
'남도의 꽃향기가 봄을 타고 북상한다'의 비틀어. 몽룡에 빙의된 독자들이 춘향 같은 여친 불러 한잔하고 싶게 할 명작.

한자 활용 비틀어 기사 제목은 주절주절 설명이 필요 없다. 핵심 내용을 심플하게 전달하면서도 본문을 읽게 만드는 힘이 있기 때문이다.

세상 시름 茶 잊고 가네 〈굿데이〉

'차밭에서 모든 시름 잊고 가세요'의 비틀어.

夏~ 竹이네 〈국민일보〉

'여름엔 대나무가 최고!'의 비틀어. 春(봄), 秋(가을) 冬(겨울)도 비틀어의 훌륭한 소재들이다.

한자를 활용하면서 아래와 같이 반복의 묘미를 살릴 수 있다면 더 효과적이다. 흘러 넘길 수 있는 기사에 말맛을 더하고 방점을 찍어주니까.

돌을 깨다 道를 깨닫다 〈대구일보〉

'석공 일은 도 닦는 생활'의 비틀어. 유사한 예로 뭐가 있을까? '학문을 닦는다'와 '항문을 닦는다'를 연계하는 비틀어는 잘 알려져 있다. '당신이 안에서 사색에 빠진 동안, 누군가는 밖에서 사색이 되고 있다' 같은 화장실 관련 비틀어도 유명하다.

〈비틀어일보〉 기사 제목

* 저자 창작

香, 단아하구나! ……춘향이만 우대할 순 없지 않느냐!

폭설에, 고속도로 발 冬冬

冬치미의 계절이 왔다!

[연습문제] ○○안에 어울리는 한자는?

얼음 ○○ 띄워 후룩, 동치미에 군침이 꿀꺽!

올 가을, 멋진 추남(○○)이 되자!

답 : 冬冬 / 秋男

百修 해도 白手, 느는 건 白首 〈대구일보〉

'흰머리 될 때까지 비좁은 취업문'의 비틀어. 아이유의 3단 고음을 방불케 하는 3쿠션 비틀어.

五장튼튼 五색향연 〈경향신문〉

'폐, 심장, 위장, 신장, 간장에 좋은 5가지 색'의 비틀어.

세계적 경기를 다루는 스포츠 기사에는 나라 이름을 한자로 표현한 비틀어가 많이 쓰인다. 한정된 지면에 압축적이면서 눈에 띄는 제목으로 승부를 봐야 하는 신문의 특성과 한자와 섞어 쓰던 전통이 남아 있기 때문이기도 하다.

한국야구, 美쳤다 〈서울신문〉

'한국야구, 미국을 눌렀다'의 비틀어.

佛 꺼지나, 아! 佛死 〈굿데이〉

'프랑스 축구 몰락'의 비틀어.

물佛 안 가린다 〈서울신문〉

'프랑스와의 우중 경기를 앞둔 한국축구팀 각오'의 비틀어.

<비틀어일보> 기사 제목   * 저자 창작

프랑스 축구, 회생 불가능? 佛 가능!

독일전에 獨 품었다

오늘 日은 끝났다

[Try together] 여러분도 비틀어! 佛, 日, 獨 등으로!

[영자(英字) 비틀어 기사]

신문기사 비틀어는 '영자의 전성시대'이기도 하다. 서로 유사한 발음의 영단어와 한글을 활용하면 한자 못지않게 독자의 눈길을 끌 확률이 높아진다. 물론 한자든 영단어든 대부분의 독자가 알 만한 쉬운 단어를 쓰는 게 좋다.

Woods 〈서울신문〉
'돈방석에 앉은 타이거 우즈'의 비틀어.

꾹꾹 눌러주고 빙글 돌려주면 Eye 좋아 〈충청투데이〉
'눈 건강을 위해 눌러주고 돌려주세요!'의 비틀어.

20대는 굶모닝 〈서울신문〉
'20대들이 아침을 굶고 있다'의 비틀어.

귀한 티(Tea)가 줄줄 〈부산일보〉
'세계의 귀한 차를 만나보세요'의 비틀어.

<비틀어일보> 기사 제목   * 저자 창작

히딩크, He think……

Eye 아껴, 어~Money 아껴! 태은이·도윤이와 어머니의 시력 비결

[Try together] 여러분도 영자 비틀어!

[동음이의어 비틀어 기사]

표기, 혹은 발음이 같거나 유사하면서 서로 다른 뜻을 갖고 있는 단어 활용도 신문기사의 단골 비틀어다. 아래에서 다루게 될 '라임 맞춰 비틀어'에 해당하는 사례도 많다.

주류업계, 영원한 주류개척자 〈머니투데이〉
'주류업계의 베스트셀러 개척자'의 비틀어.

돼지고기, 돈 부담 덜 돼지 소화 잘 돼지 〈문화일보〉
'저렴하고 소화 잘 되는 돼지고기'의 비틀어.

싱글족도 잡으니 매출도 싱글 〈국제신문〉
'싱글족 공략하고 매출 올라 웃는다'의 비틀어.

죽 쑬 뻔한 인생, 죽 쒀서 성공 〈머니투데이〉
'IMF에 망했다 죽으로 성공'의 비틀어.

[라임 맞춰 비틀어 기사]

수업시간에 들어본 '압운'을 기억하시는지? 단어의 끝 글자, 또는 앞 글자들을 서로 같거나 유사한 것들로 반복하여 리듬감을 유지하는 비틀어로 역시 신문기사에 많이 쓰인다.

독도 역사 망언에 어머나, 일본 관광객 줄면 어쩌나 〈중부일보〉
'일본의 역사 망언 화나지만 관광수입 생각하면……'의 비틀어.

하루에도 몇 번씩 지수 출렁 가슴 철렁 〈머니투데이〉
'주가가 심하게 요동친 하루'의 비틀어.

베낀 욕심 뺏긴 동심 〈경남일보〉
'어른의 욕심이 빼앗은 동심'의 비틀어.

환한 생보업계, 화난 시민단체 〈머니투데이〉
'생보업계만 유리? 시민단체 불만 표출'의 비틀어.

눈 먼 정책, 눈 먼 사회, 눈 먼 내가 바꿉니다 〈대구일보〉
'눈 뜬 장님들의 세상, 시각장애인이 바꿉니다'의 비틀어.

약한 개미 약아졌다 〈머니투데이〉
'개미 투자자, 이제 쉽게 안 당한다'의 비틀어. '약한 개미, 강해졌다'보다 뛰어난 비틀어.

〈비틀어일보〉 기사 제목   * 저자 창작

'홀린 듯 흘린 돈, 코 묻은 돈 가출기'

[Try together] 여러분도 라임 맞춰 비틀어!

- -

[패러디 비틀어 기사]

기존에 있던 잘 알려진 문장을 패러디하는 비틀어 기사. 유명인의 유행어나 명언, 속담 등을 이용하면 더욱 이해가 쉽고 눈에 띄는 기사 제목이 된다.

못 일어나서 죄송합니다 〈스포츠서울〉
'못생겨서 죄송합니다'의 비틀어. '코미디 황제 이주일 씨 별세'의 비틀어.

비 오는 날, 공 친다 〈경향신문〉
건설현장에서 쓰이는 '비 오는 날, 공(空)친다'의 비틀어. '비가 와도 야구경기를 할 수 있는 고척 돔구장 개장'을 알리는 비틀어.

인생은 짧고 하루는 길다 〈경인일보〉
'인생은 짧고 예술은 길다'의 비틀어.

[한두 글자 비틀어 기사]

기존 단어의 철자를 한두 개 살짝 비틀어 새로운 의미를 만드는 비틀어. 사전에 없던 비틀어가 탄생하기도 한다.

남은 빚만 있고 남긴 빛은 없나 〈머니투데이〉
'해놓은 거 없이 채무만 많은 회장님'의 비틀어. 라임 맞춰 비틀어이면서 동음이의어 비틀어.

우리 가족 뽀샵하는 날 목욕일 〈서울신문〉
'피부에 광내는 날, 온 가족이 목욕해요'의 비틀어. 사전에 없던 '목욕일' 탄생!

요즘은 모두가 기자다. 온라인 기사는 이제 기사에 달리는 댓글, SNS와도 경쟁해야 한다. 지금까지의 기사 비틀어 예시는 사실 수준과 격이 높다. 재치도 어느 정도 있다. 하지만 네티즌을 빵 터지게 하는 익살은 좀 부족하다. 언

론으로서의 격과 가이드라인은 유지하더라도 조금씩 새로운 시도를 접목할 필요는 있다. 예를 들면 네티즌의 신조어를 패러디하거나 소개하는 선을 넘어 신조어를 만드는 능력 같은 것이다.

2015년 우리나라를 강타한 '메르스'를 예로 들어보자. 기존 스타일로는 '질병 대응은 저속, 괴담 단속은 광속' 같은 기사 비틀어가 나올 수 있다. 하지만 네티즌들은, SNS에 올라온 '낙리둥절(낙타+어리둥절)' 같은 신조어 비틀어에 더 열광한다. 한국에서 태어나 중동이 어딘지도 모르는 낙타가 자신을 검진하며 호들갑을 떠는 사람들을 보는 표정을 표현한 말인데 무려 5천 건이상이 리트윗 되었다. '낙무룩'(낙타+시무룩), '낙절부절(낙타+안절부절)' 등의 비틀어가 뒤를 이었다. 메르스 사태에 대한 화와 불안으로 인해 피곤한 네티즌에게 카타르시스를 주었기 때문일까? 아무 잘못 없이 피해를 입는 낙타의 신세에 우리의 모습이 투영되었기 때문일까? 어쨌든 이제 온라인 기사에서도 이런 유형의 재치를 조금씩 볼 수 있기를…….

광고 비틀어_
매출을 좌우하는 한마디

광고에서 소비자를 사로잡는 비결은 구구절절 도식적인 제품설명이 아니다. 결국 '기발하네!' '기억에 남네!' 하게 만드는 '한마디'다. 필요에 의해 찾아보는 기사나 방송과 달리, 보게 해야 하는 광고이기에 더욱 센스 있는 한마디가 필요하다. 제품, 서비스, 기업광고는 매출과 곧바로 연결되는 점 때문에 직관적이고 좀 더 다양한 연령층에게 어필하는 장점이 있는 비틀어다.

[잡코리아 CF_보내버리고 싶은 그들 편]

(사사건건 감시하고 고자질하는 그대는) 사원인가 감사원인가

(밥만 먹으면 방전되는 그대는) 대리인가 밧데리인가

(침 튀기며 설교만 하는 그대는) 차장인가 세차장인가

(일만 받으면 끌어안고 묵히는 그대는) 국장인가 청국장인가

(책임질 일에는 나 몰라라 하는 그대는) 이사인가 남이사인가

(실현불가 주문을 외는 그대는) 사장인가 제사장인가

회사의 다양한 직급 앞에 글자 하나만 덧붙였을 뿐인데 '맞아 맞아' 하게 되는 재치 만발 비틀어가 된다. 하나만 비틀지 않고 여러 개를 말 되게 비틀어 구조를 탄탄하게 가져가는 내공이 상당하다. 2012 TVCF 그랑프리 수상작.

[매일유업 CF_ 매일의 힘 편]

먹다 〈 매일 먹다

만들다 〈 매일 만들다

자라다 〈 매일 자라다

어느 말이든 매일이 붙으면 힘이 생깁니다.

우리는 매일 먹는 것을 만드는 사람들.

그렇기에 매일의 힘을 누구보다 잘 아는 사람들.

그래서 우리는 스스로에게 매일 묻고 또 매일 답합니다.

이것은 바른 방법인지, 누군가를 잊지는 않았는지,

좀 더 나은 길은 없는지를요.

매일의 힘을 믿고 진실되게 걷습니다. 매일유업.

'매일'이란 기업브랜드와 '(Everyday를 뜻하는) 매일'과의 중의적 의미를 활용, 특별한 가공 없이 만든 비틀어 광고. '매일'이라는 한 단어를 진득하게 물고 넘어지면서도 다양하게 풀어 힘이 느껴진다. 진솔함이 묻어나는 건 덤이다.

[옥션 중고장터 CF_동물 이름 편]

(입금했는데 잠수타면 어떡하지?) 중고 사자
(물건부터 보냈는데 먹튀하면 어떡하지?) 중고 판다
Mom 편하게 사자!

동물 이름들을 잘 활용하여 친근감을 주며, 콘셉트를 잘 전달하는 비틀어.

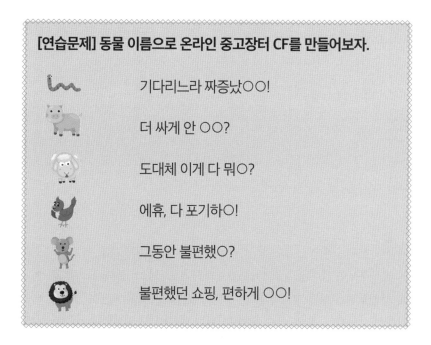

[연습문제] 동물 이름으로 온라인 중고장터 CF를 만들어보자.

기다리느라 짜증났○○!

더 싸게 안 ○○?

도대체 이게 다 뭐○?

에휴, 다 포기하○!

그동안 불편했○?

불편했던 쇼핑, 편하게 ○○!

[팔도 비락식혜 CF_의리 편]

우리 몸에 대한 의리

전통의 맛이 담긴 항아으리

신토부으리

회의할 땐 238 미으리

회오으리

아메으리카노

엄마 아빠 동생도 으리

우리집 의리 음료

마무으리

나는 이것으로 팔도에 으리를 지켰다

매출이 35%나 뛰었고 올드한 제품 이미지가 젊게 바뀌었다. '의리' 시리즈
는 전무후무한 역대급 광고 비틀어다. 유행어로 뜨는 시점에 남보다 발 빠르
게 차용했고 구성도 찰지게 하여 엄청난 성과를 거뒀다. 다만 '의리'는 유행
어라서 생명력이 짧다. 지금 시점에 '의리 비틀어'를 언급하면 올드해 보이
니까.

[그 밖의 광고 비틀어]

가을 타는구나, 커피 타는데요? 맥심 커피믹스
'타다'에 담겨진 중의적 의미를 활용한 비틀어.

감기엔 확~ 화콜
'감기를 확 잡는다'를 약 이름과 연계한 비틀어.

굿모닝 맥모닝 맥도날드
'맥모닝'이라는 아침메뉴에 '굿모닝'을 붙인 비틀어.

그대 어디로 가나 가나초콜릿
어디론가 향해 걸어가는 모델(이미연)과 제품명을 연계시킨 비틀어.

금연, Self하지 말고 Help받으세요 보건복지부
'셀프'와 '헬프'의 끝글자 라임을 살린 비틀어.

기가 산다 KT
'氣가 산다'+'Giga(로) 산다'의 비틀어.

개처럼 벌어 정승같이 논다 야놀자닷컴
'개처럼 벌어 정승같이 쓴다'의 비틀어.

나를 만든 시대, 내가 만들 市大 서울시립대학교
'(서울시립대) 시대(市大)'와 '시대(時代)'의 중의적 의미의 비틀어.

누가 대신하겠습니까? 큰 대 믿을 신 대신증권
어떤 증권사도 '대신'할 수 없는 큰 믿음을 주겠다는 의미의 비틀어.

누구나 어디나 하나은행
'나'로 끝 글자 라임을 살린 비틀어.

늘 서 있는 당신이 보디가드
'보디가드'라는 속옷 브랜드의 지하철 광고 비틀어. 자리가 나도 노약자에게 양보하려고 '늘 서 있다'는 의미와 성적으로 '늘 서 있다'는 중의적 의미의 비틀어. 배려할 줄 아는 정력적인 남자의 속옷이란 의미도 된다.

내가 제일 바쁘다 제일 파프
'(찾는 사람이 많아) 제일 바쁘다'를 약 이름과 연계한 비틀어.

내일이 있다 내 일이 있다, 고용노동부
'내일(Tomorrow)'+'내 일(My Job)'의 비틀어.

다름다운 사람들 JTBC
'다름'+'아름다운 사람들'의 비틀어.

당신에게 청합니다 청하
'(부탁의 의미로) 당신에게 청하다'도 되면서 '당신에겐 청하가 어울린다'도 되는 비틀어.

더 잘 사는 방법 BC카드 / 내가 잘 사는 이유 쿠팡
'산다'에 담긴 중의적 의미(買, 生)'를 살린 비틀어.

대충대충 인생 살게? 꼼꼼하게 인생 설계! 한화생명
'아무 대비 없이 대충 살게?' 하고 질문을 던지다가 '보험으로 꼼꼼하게 인생을 설계하라'는 의미로 끝맺는 비틀어.

마리오란 말이오 마리오 아울렛
매장 브랜드와의 발음 유사성을 살린 비틀어.

뭉치면 죽고 분리하면 삽니다
병은 병대로 뚜껑은 뚜껑대로 분리수거 공익광고협의회
'뭉치면 살고 흩어지면 죽는다'의 비틀어.

변비 비켜 비코그린
'변비 비켜!'를 약 이름과 연계한 비틀어.

상처엔 후~ 후시딘
'상처를 후~ 날려버린다'를 약 이름과 연계한 비틀어.

손님의 기쁨 그 하나를 위하여 하나은행
하나은행의 '하나'를 고객 '하나'만 바라본다는 의미로 바꾼 비틀어.

순수하다 수수하다 옥수수수염차
옥수수의 '수수'를 '순수함'과 '수수함'으로 연계시킨 비틀어.

순창아~ 순창고추장 / 정원아~ 청정원
제품 브랜드를 사람 이름처럼 표현한 비틀어.

쓰레기는 죽지 않는다
다만 재활용될 뿐이다 공익광고협의회
'노병은 죽지 않는다. 다만 사라질 뿐이다'의 비틀어.

신내림 ABC마트
'신발 값 내림'+'신(神)내림'의 비틀어. 떨어진 가격 때문에 신들린 듯한 cf모델의 표정이 압권.

세계를 휘어잡은 휘센
'세계를 휘어잡는 센 바람'이라는 의미의 비틀어. '휘몰아치는 센 바람'이라는 의미의 비틀어.

세계인의 장을 쥐락펴락 듀오락
'쥐락펴락 연동운동으로 장 건강을 지킨다'를 약 이름과 연계한 비틀어.

세 살 우유 백 살까지 우유자조금관리위원회
'세 살 버릇 여든 간다'의 비틀어.

세상을 널리 놀게 하자 야놀자닷컴
'세상을 널리 이롭게 하자'의 비틀어.

새살아 솔솔 마데카솔
'새살이 솔솔 돋는다'를 약 이름과 연계한 비틀어.

아름다운 사람들 아시아나
'아름다운'과 '아시아나'의 앞 글자 라임을 살린 비틀어.

아름다운 아가씨 어찌 그리 예쁜가요 아카시아껌
'아카시아'와 '아가씨'의 발음 유사성을 살린 비틀어.

아!車
음주운전 방지를 위한 비틀어.

어른이날 어린이재단
'어린이를 도울 때 당신은 진짜 어른이 되며 그날이 곧 당신의 어른이날'이란 의미의 비틀어.
'당신에게 청합니다, 청하'와 비견될 만한 수준 높은 비틀어.

어깨 쭉 피자, 패자부활전, 국민의 행복, 공익광고협의회
가게 이름으로 자영업자에게 격려를 주는 비틀어.

일상에서 일생까지 LIG생명보험
일상생활은 물론 일생을 보장해준다는 의미의 비틀어.

열날 땐 부르세요 부르펜
'아이가 열날 때 부르세요'를 약 이름과 연계한 비틀어.

오라~ 오라메디

'오라메디가 옳아!'를 약 이름과 연계한 비틀어.

우리나라 우리은행

이름 덕을 가장 많이 보는 우리은행의 광고 비틀어.

인생은 짧고 일회용품은 길다 공익광고협의회

'인생은 짧고, 예술은 길다'의 비틀어.

작심삼년 한국투자증권

'작심삼일'의 비틀어. 글자 하나 비틀었을 뿐인데 의미가 확 달라진다.

잘! 생겼다 SK텔레콤

'(탄생의 의미) 잘 생겼다'+'(외모의 의미) 잘생겼다'의 비틀어.

전설을 맛보리 맥콜

'맛있는 보리'+'맛을 보리'의 비틀어.

죽어도 안 죽는다 커스텀 구스다운

눈, 비 등 어떤 상황에서도 볼륨감이 안 죽는다는 의미의 비틀어.

제 한 좀 풀어주세요! 데이터 무제한 SK텔레콤

'저의 한(恨)'+'제한(制限)'의 비틀어.

차근차근 준비하고 차곡차곡 쌓다 보면 국민연금

'차근차근', '차곡차곡'…… 1, 3번째 글자 라임이 같으면서 2, 4번째 글자는 유사한 라임으로 만든 비틀어.

캐내십시오 케토톱

'관절염을 캐내십시오'를 약 이름과 연계한 비틀어.

헌차줄게 새차다오, 야놀자닷컴

'헌집줄게 새집다오'의 비틀어.

홈보이네! LG유플러스

'Home(집)이 눈으로 보이네'의 비틀어. 'Home boy네'의 비틀어. 홈 CCTV 관련 제품.

8llow me, LTE-8

'8'+'Follow'의 비틀어. '80메가헤르츠 대역폭'이란 장점 표현. 네티즌은 이를 '씨8로우미'로 한 번 더 비틀었다.

JUST EAT IT 제로정

'JUST DO IT'의 비틀어.

PTSD 외상 사절, 알라딘 중고서점

'(외상후 스트레스 장애) PTSD'와 '(돈은 나중에, 물건 먼저 가져가는) 외상'의 중의적 의미의 비틀어. 외상으로 책을 사면 직원들은 스트레스 장애에 시달리므로 이를 금지한다는 것.

• 광고에 새로운 비틀어가 보일 때마다 적어보자! 당신의 자산이 된다.

"시민을 움직이는 한마디"

문서든 기획안이든 광고·홍보물이든 직장에서 만드는 결과물의 대부분은 수많은 누군가를 움직이지 않으면 휴지통 신세랑 다를 게 없다. 다음에 소개한 비틀어들은 시민들의 마음을 움직인 홍보물들이다.

좋·아·서, 좋은 아침 서울
(시민이 좋은 아침을 열어가게 하기 위한 캠페인명 비틀어.)

감사합니다
(청렴 홍보를 위해 '감사'의 중의적 의미(感謝+監査)를 활용한 비틀어.)

백문이 불여일검?
(검색으로 모든 걸 해결하려는 세태를 꼬집은 비틀어.)

일자리 만드는 일, 서울시 가장 큰 일
('일'로 끝나는 라임을 활용한 비틀어.)

투표 먼저, 그대 멋져
('투표 먼저 하는 사람이 가장 멋진 사람이다'라는 점을 주변인의 시선으로 말해주는 비틀어.)

토요일은 청聽이 좋아
(매주 토요일 시민청 문화프로그램명. 가요 <토요일은 밤이 좋아>의 비틀어.)

길에서 잠들면 영원히 잠들 수 있습니다
(수면이란 의미의 '잠'과 죽음을 의미하는 '영원한 잠'을 연결한 비틀어.)

청렴사랑 초심롱런
(청사초롱의 비틀어로 청렴 서울 홍보.)

시민단짝
('시민과 함께 단호히 혁신하는 짝'이란 의미의 비틀어.)

인사형통
(인사가 잘 풀려야 모든 게 잘 풀린다는 의미. '만사형통' 비틀어.)

천만 시민 다 행복
('천만다행'이란 단어를 활용한 비틀어.)

대한민국의 심장, 서울이 뜁니다
(서울을 인간의 심장에 비유한 비틀어.)

프로그램명 비틀어_
화면 앞에 모으는 이름

기존 공중파 3사에 CATV, 종편은 물론 각종 인터넷 방송까지 가세하면서 방송시장은 프로그램 이름의 센스 여부가 중요한 변수로 떠오르고 있다. 프로그램 이름을 기억에 남게 하고 '언제 하지?' 기대하게 만드는 데엔 비틀어가 제격이다. 다큐나 뉴스 등 진지한 프로그램보다 예능에 가까울수록 효과적!

아이콘(MBC)
'아름다운 이들의 콘서트'의 비틀어.

세바퀴(MBC)
'세상을 바꾸는 퀴즈'의 비틀어. '세바시'(세상을 바꾸는 시간)도 있다.

농비어천가(SBS)
'도시 청년들의 귀농프로젝트'를 표현한 비틀어.

비정상회담(JTBC)
'정상(頂上)급 인사가 아닌 평범한 사람들의 회담'이라는 의미의 비틀어. 어떤 사례를 보여주며 그게 정상(正常)인지 정상이 아닌지(非正常)를 토론해본다는 의미도 포함.

유자식상팔자(JTBC)
'무자식상팔자'의 비틀어. 속담(기존 고정관념)의 비틀어.

한식대첩(올리브TV)
'한산대첩'의 비틀어로 한식 셰프끼리 모든 것을 건 승부를 벌이는 프로그램. 간식대첩도 있으면 좋겠다.

썰전(JTBC)
'썰'+'설전'의 비틀어. '설전'은 뻔하다. 어감이 강할수록 더 잘 기억된다. 더 강하게 어필할 수 있다.

고발(Go발) 뉴스(이상호 기자)
'고발하는 뉴스'+'발로 뛰는 뉴스'의 비틀어.

렛미인(Story On)
'Let'+'美人'의 비틀어.

미생물(tvN)
드라마 '미생'의 비틀어. 미생보다 더 하찮은 신세들의 이야기로 재미있게 비튼 드라마.

소나기(On Style)
'소중한 나의 이야기'의 비틀어.

프로듀사(KBS)
'프로듀서'+'事'의 비틀어. 프로듀서의 사적인 이야기를 다룬 드라마.

댄수다(KBS)
'댄스'+'수다'의 비틀어.

참으Show(KBS)
'참으시오'+'show'의 비틀어.

감수성(KBS)
'감수성'+'城'의 비틀어. 감수성 예민한 왕과 신하들의 이야기.

무섭지 아니한家(KBS)
'무섭지 아니한가?'+'家'의 비틀어. 납량특집 개그.

애정남(KBS)

'애매한 것을 정해주는 남자'의 비틀어. 그래서 더 애정이 생기는 남자.

가장자리(KBS)

'가장의 자리'+'가장자리'의 비틀어.

• 새로운 프로그램 이름 중에 비틀어로 된 것을 찾아보자.
  당신의 글쓰기 자산이 된다.

모임 이름 비틀어_
사람을 모으는 이름

동호회든 모임이든 행사에서의 팀이든 뻔한 이름으론 관심조차 끌기 어렵다. 구성원의 결속력을 끌어내기도 힘들고, 대외적으로 가치를 빛내기도 어렵다. 비틀어는 이럴 때 쓰라고 있는 거다.

북새통
'Book과 새롭게 통하다'의 비틀어. '북새통처럼 북적이다'란 의미. 서울시 옛 독서 모임 이름. 내가 비틀었다.

書로함께
'책으로 함께 이야기하자'의 비틀어. '서로 함께 소통하자'의 비틀어. 서울시 현 독서 모임 이름. 남이 비틀었다.

평강공주보호소
'평화로운 강아지·고양이들의 공동주거공간(보호소)'이란 의미의 비틀어. 봉사자 모임 이름이기도 하다. 고양이를 반영 못한 것은 좀 아쉽다. 이해하기는 좀 어려운 비틀어.

[모임의 성격이 드러나게 비틀어]

기존에 있던 모임 이름을 비틀어를 활용해 유쾌하게 바꿔준 사례들이다.

FOCUS(독서토론 모임) → 독(讀)한 녀석들

나는 티처다(교사 모임) → I am Sam

갑론을박(법학토론 모임) → 법대로해

맨날 수리야(수리영역 모임) → 수리수리 마수리

하루세알(약학토론 모임) → 알러뷰

[비틀어를 활용한 모임 이름 제안]

좋은 소식(小食)
적게 먹는 건강동호회.

우주회
비 내리면 술 마시는 모임.

닭터
닭띠 의사들 모임.

시큰둥
시가 큰 둥지(시 창작 모임).

그레이스 캘리
우아한 캘리그래피 동호회.

예!술가모임
술이라면 예!를 외치는 이들의 모임.

수컷 (秀cut)

빼어난 cut을 위한 DSLR 모임.

저자거리

저자(책을 낸 작가)들의 모임.

뻘짓

서해안 갯벌 체험 동호회.

덧글유인협회

덧글이 많이 달리는 방법을 연구하는 모임.

배트맨

(야구의)타자 지망생 모임.

요주의인물

요실금 환자 동호회.

[비틀어를 활용한 모임 상장명 제안]

기고만장상

모임 후기를 상세하게 적어 추억을 되돌려주는 글쟁이들에게 주는 상. '기고를 10,000장처럼 자세하게 했다'의 의미의 상.

갸가호호상

'가가호호(家家戶戶)'의 비틀어. 경상 사투리인 갸가('그 애가'라는 의미)에 '호호'를 붙인 것. 잘 웃는 사람에게 주는 상.

회자정리상

회식이 끝난 자리를 잘 정리하는 사람에게 주는 상. 술자리 이후 놓고 간 휴대폰이나 우산을 잘 챙겨서 주인 찾아주는 고마운 직원에게 줄 것.

금상점화상

'금상첨화(錦上添花)'의 비틀어. '분위기 불꽃 튀게 만드는 데에 금상'이라는 의미로 사회를 잘
보거나 노래를 잘 부르는 사람에게 어울리는 상.

• **비틀어를 활용해서 사람을 모으는 모임 이름을 만들어보자.**
  당신의 글쓰기 자산이 된다.

[건호가 실제 만든, 모임 이름 비틀어]

그 길이 알고 싶다 (걷기 동호회_'그것이 알고싶다'의 비틀어.)

산타 (등산 동호회_산을 타는 사람들.)

야사 (야구감상 동호회_야구사랑.)

영감 (영화감상 동호회_영화를 감상하며 '영감'을 얻는 사람들.)

[연습문제] 사람을 모으는 모임 이름을 만들어보자.

지혜를 ○돋는 힘 _ ○돋움

동네에서 쉽게 만나는 도서관 _ 동네○ 도서관

고생 많은 사서들의 모임 _ 사서○○

답 : 북 / 북 / 고생

패러디로 배꼽잡게 비틀어_
빗장 파괴의 기술

잘 알지 못하거나 친밀하지 않은 상대에게는 마음의 빗장을 치기 쉽다. 비틀어, 그중에서도 패러디 비틀어에는 예측하지 못한 웃음으로 그 빗장을 허물어뜨리는 힘이 있다. 먼 사람을 더 가까이, 많은 사람을 내 편으로 만드는 유머의 힘, 패러디 비틀어를 활용해보라.

잘 알려진 영화 · 애니메이션 · 가요의 제목, 유명인 이름, 브랜드, 속담, 고유명사 등의 철자를 살짝 바꾸어 새로운 의미로 비틀면 된다. 격이 있고 거리감 있던 기존의 제목이나 이름 등이 훨씬 친근하게 다가올 것이다. 인터넷카페, SNS 등에서 자신을 재미있게 소개하는 닉네임으로, 대화를 유쾌하게 풀기 위한 수단으로도 유용할 것이다.

[만화 · 애니 패러디 비틀어]

니이모를 찾아서
〈니모를 찾아서〉의 비틀어.

달려야 하니?
〈달려라 하니〉의 비틀어.

신밧드의 보험
〈신밧드의 모험〉의 비틀어.

짱구는 옷말려

〈짱구는 못말려〉의 비틀어.

피부암 통키

〈피구왕 통키〉의 비틀어.

톰 소여의 모함

〈톰 소여의 모험〉의 비틀어.

백살공주와 칠순난쟁이

〈백설공주와 일곱 난쟁이〉의 비틀어.

개구라소년

〈개구리소년〉의 비틀어.

폭행몬스터

〈포켓몬스터〉의 비틀어.

아기골룸 둘리

〈아기공룡 둘리〉의 비틀어.

선녀와 사겼꾼

〈선녀와 나무꾼〉의 비틀어.

톰과 란제리

〈톰과 제리〉의 비틀어.

생갈치 1호의 행방불명

〈센과 치히로의 행방불명〉의 비틀어.

[유명인 패러디 비틀어]

니코 크드만
'니콜 키드만'의 비틀어. 서양인이라 잘 어울림.

브룩 실패
'브룩 실즈'의 비틀어.

부릅뜨니 숲이었어
'브리트니 스피어스'의 비틀어.

안졸리나 졸리
'안젤리나 졸리'의 비틀어. 하품을 유발하는 비틀어.

크리스티나 아길내봐
'크리스티나 아길레라'의 비틀어.

오드리 될뻔
'오드리 헵번'의 비틀어.

안토니오 밥다됐쓰
'안토니오 반델라스'의 비틀어.

옷삶아 빛나데
'오사마 빈라덴'의 비틀어.

노스트라단무지
'노스트라다무스'의 비틀어.

아놀드 슈왈츠가 재네냐
'아놀드 슈왈츠네거'의 비틀어.

레오나르도 빛갚으리오

'레오나르도 디카프리오'의 비틀어('레오나르도 디카찍으리오'도 있다).

니차도 기어

'리차드 기어'의 비틀어. 혹시 네 차도 기아 차?

클레오 빡돌아

'클레오파트라'의 비틀어.

뭔개소문

'연개소문'의 비틀어.

관계튼대왕

'광개토대왕'의 비틀어.

[TV프로그램 패러디 비틀어]

대추나무 사람 걸렸네

'대추나무 사랑 걸렸네'의 비틀어.

무엇이든 물어뜯어보세요

'무엇이든 물어보세요'의 비틀어.

추적 60인분

'추적 60분'의 비틀어.

불효톱텐

'가요톱텐'의 비틀어.

[영화 패러디 비틀어]

바람과 함께 살 빠지다
〈바람과 함께 사라지다〉의 비틀어.

살흰애 추억
〈살인의 추억〉의 비틀어.

동갑내기 가장하기
〈동갑내기 과외하기〉의 비틀어.

친정 간 금자 씨
〈친절한 금자 씨〉의 비틀어. 와이프 친정 가면 좋아하는 남편들의 마음에 들어맞는 비틀어.

엄마겟돈
〈아마겟돈〉의 비틀어.

가문이 영~꽝
〈가문의 영광〉의 비틀어. 개그콘서트 기존 코너명.

글래머 웨이터
〈글래디에이터〉의 비틀어.

반지하의 제왕
〈반지의 제왕〉의 비틀어. 반지하에서 꿈을 키우시는 분들에게 용기를.

말죽거리 잠옷사
〈말죽거리 잔혹사〉의 비틀어.

신랑과 달밤
〈신라의 달밤〉의 비틀어.

깐죽거리 잔혹사

〈말죽거리 잔혹사〉의 비틀어.

걸인의 추억

〈살인의 추억〉의 비틀어.

비굴한 거리

〈비열한 거리〉의 비틀어.

나를 슬프게 하는 세상

〈나를 슬프게 하는 세상〉의 비틀어.

[가요 패러디 비틀어]

최 양을 피하는 방법

비의 '태양을 피하는 방법'의 비틀어. 사귀다 헤어진 최 양일 수도 있지만 외상값 받으러 온 최
양일 수도…….

아무리 생각해도 난 마늘

스윗소로우의 '아무리 생각해도 난 너를'의 비틀어. 단군신화의 곰이 연상되기도…….

난 이란 사람이야 아랍은 뛰어

DJ DOC의 '난 이런 사람이야 알아서 기어'의 비틀어.

난 앓아요

서태지와 아이들의 '난 알아요'의 비틀어. 환자들의 뮤직비디오 UCC 이름으로 좋을 듯.

[건호의 배꼽 잡는 패러디 비틀어]

밀리면 달려 베이비

〈밀리언달러 베이비〉의 비틀어. 쪽수에 밀려 불리할 땐 36계가 최고!

빽투더 빡쳐

〈백 투 더 퓨처〉의 비틀어. 열 받아 폭발할 듯한 사람을 겨우 달래놨는데 다시 빡친 상태로 돌아간 상황.

힐링필드

〈킬링필드〉의 비틀어.

주근깨인의 사회

〈죽은 시인의 사회〉의 비틀어. '주근깨 많은 사람들의 사회'라는 새로운 의미.

곤드레 길들이기

〈드래곤 길들이기〉에서 '드래'와 '곤'의 순서를 바꾼 비틀어. '곤드레만드레 취한 남편 길들이기'?

밥푼젤

〈라푼젤〉의 비틀어. '라푼젤' 하면 긴 머리, '밥푼젤' 하면 긴 주걱? 어떠한 상황에서도 밥은 챙겨먹는 밥심의 한국인!

에이비리언

〈에일리언〉의 비틀어. 나 같은 AB형 혈액형을 뜻하는 비틀어.

장구는 못 말려

〈짱구는 못 말려〉의 비틀어. 사물놀이패 중 장구 담당자의 슬로건?

7인의 사물아이

〈7인의 사무라이〉의 비틀어. 7인으로 구성된 사물놀이패?

이보다 좋을 水 없다

〈이보다 좋을 수 없다〉의 비틀어. 무척 목마른 상황에서 시원한 물을 마신 상황에 적절!

복날은 간다

〈봄날은 간다〉의 비틀어. 복날을 무사히 넘긴 견공들의 자조 어린 한마디?

- **마음의 빗장을 허물어뜨리는 재미있는 패러디 비틀어를 만들어보자.
  당신의 글쓰기 자산이 된다.**

신조어 비틀어_
시대를 읽자

신조어는 유행어에 가깝다. 금방 잊히고 새로운 것이 등장한다. 여기서는 신조어의 예를 많이 다루기보다, 어떻게 비틀어졌는지 살펴보고 시대적 흐름을 저런 방식으로 담았구나 생각해보는 선이면 족할 것이다.

장난스럽기만 하고, 큰 의미 없는 신조어(예 : 지못미, 멘붕, 엄빠, 심쿵 등)는 뺐다. 이런 신조어는 또래들 사이의 은어 수준이며, 기성세대는 못 알아듣는 데에 대한 환희와 연대의식, 그 이상도 이하도 아니다. 꼬돌남, 건어물녀 등 성별 지목 신조어도 뺐다. 여기서는 그 시대의 정서를 대변해주면서, 크게 유행을 타지 않는 비틀어 위주로 선별했다(그러다보니 취업, 생계 관련이 대부분이다).

트통령
'트위터 대통령'의 비틀어. 트위터 상에서 팔로워가 무척 많은 사람.

군통령
'군인들의 대통령'의 비틀어. 군인들에게 가장 인기 있는 걸 그룹.

찰러리맨
'Child+샐러리맨'의 비틀어. 취업하고도 부모에게 기대 살아가는 사람들을 의미. '찰싹 붙는다'는 의미도 포함되었을 듯.

3포 세대
'3가지를 포기한 세대'의 비틀어. 경제적 · 사회적 압박으로 연애 · 결혼 · 출산을 포기한 요즘 젊은 세대를 의미. 삶포 세대, 5포 세대, N포 세대도 등장했다.

페이스펙
'페이스+스펙'의 비틀어. 면접이나 결혼 등 모든 것에서 얼굴이 중요하다는 의미.

자소설
'자기소개서+소설'의 비틀어. 취업을 위해 자기소개서에, 있지도 않은 소설을 쓴다는 의미.

청백전
'청년 백수 전성시대'의 비틀어.

알부자
'알바로 부족한 학자금을 대출받는 학생'의 비틀어.

호갱님
'호구+고객님'의 비틀어. 어수룩하여 이용하기 좋은 고객을 의미.

서류가즘
'서류+오르가즘'의 비틀어. 서류전형에라도 합격하면 매우 기쁘다는 의미.

직장살이
'직장+시집살이'의 비틀어. 시집살이처럼 눈치보며 힘든 직장생활을 의미.

새로운 신조어를 만들려 머리를 싸매기보다 기존 신조어를 패러디하는 것도 훌륭한 비틀어 학습법이다.

정리하다 보니 젊은 층의 어려운 현실을 자조적으로 표현한 신조어가 참 많다. 취업이 비교적 쉬울 때 입문한 선배라 후배들에게 왠지 미안하다. 여러분이 채워갈 신조어 비틀어는 희망으로 가득할 수 있기를!

[연습문제] 비틀어로 신조어를 만들어보자.

댓글계의 대통령 _ ○통령

'메르스보다 골치 아픈 건, 메르스트○스

답 : 댓 / 레

3장

대박나게 비틀어
- 잘 되는 데는 이유가 있다

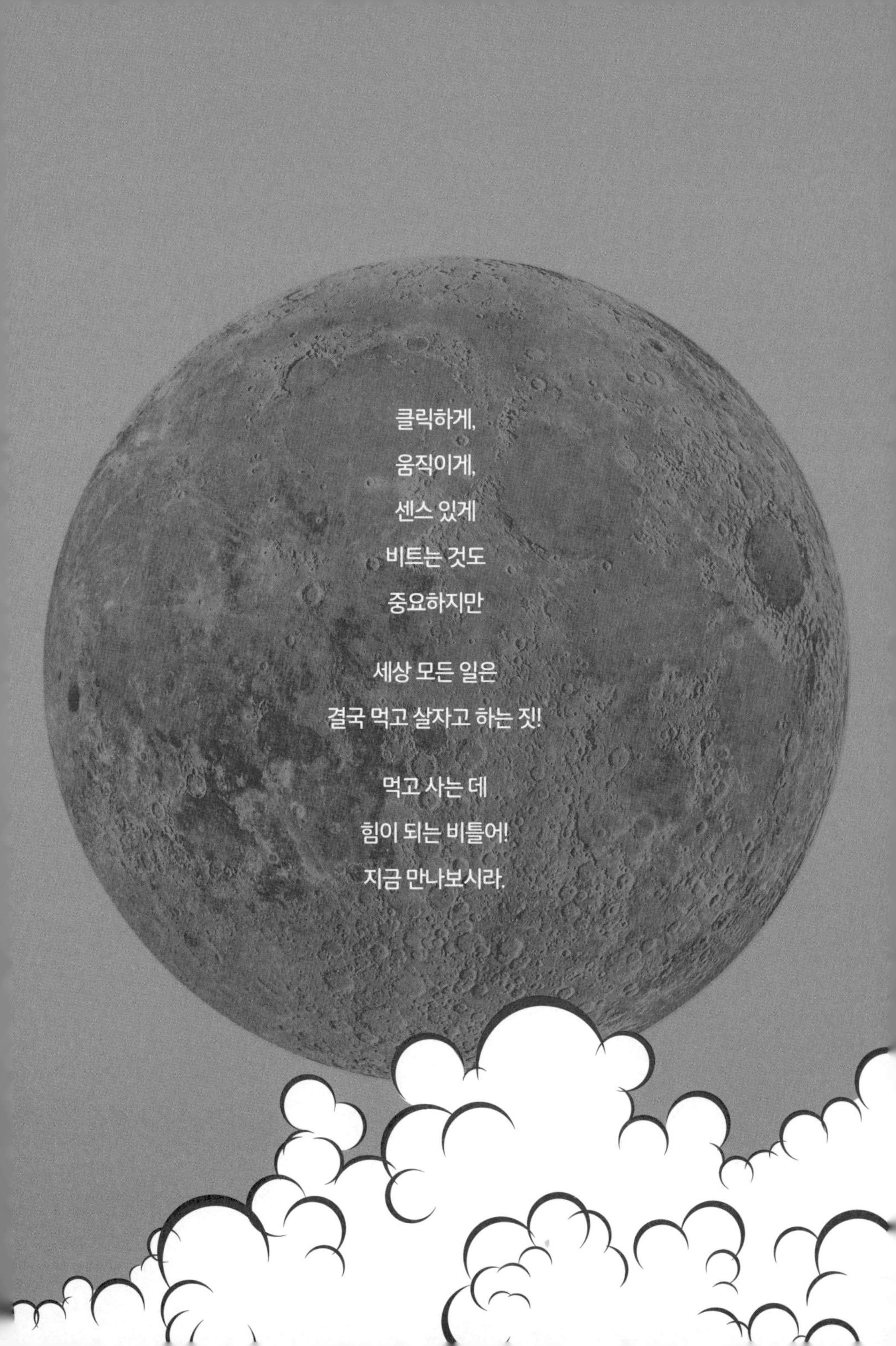

클릭하게,
움직이게,
센스 있게
비트는 것도
중요하지만

세상 모든 일은
결국 먹고 살자고 하는 짓!

먹고 사는 데
힘이 되는 비틀어!
지금 만나보시라.

저자와 함께 웃고 실습하는 동안
당신의 비틀어도 쑥쑥 클 것이다.

가게 이름 비틀어_
손님을 모으는 이름

취업이 어려워지고, 젊은 층, 혹은 퇴직자들이 창업을 하고 가게를 내는 경우가 늘면서 가게 이름의 중요성도 커지고 있다. 한 번 들으면 못 잊을 이름, 또다시 가게를 찾게 될 재치 만발 이름, 인터넷에 회자될 만한 이름…… 비틀어로 만들어보자.

[애견샵 이름 비틀어]

애견용품점, 애견카페, 애견병원에 이르기까지 견주들을 사로잡는 비틀어는 뭐가 있을까? 기존의 익숙한 상호명이나 브랜드명 등을 비틀면 아래와 같이 눈길을 끄는 가게 이름을 만들 수 있다.

카페개네
'카페베네'의 비틀어. 애견카페에 최적.

개편한세상
'이편한세상'의 비틀어.

카카오독
'카카오톡'의 비틀어.

루이비똥개
'루이비통'의 비틀어.

개바라기
'개'+'해바라기'의 비틀어.

여기다있다냥
'여기 다 있다'+'냥(고양이)'의 비틀어.

[건호가 만들어본 애견샵 이름 비틀어]

무한도그전
'무한도전'의 비틀어.

그 견이 알고 싶다
'그것이 알고 싶다'의 비틀어.

세상에 이런 견이
'세상에 이런 일이'의 비틀어.

6시 내 고양
'6시 내 고향'의 비틀어. 고양이샵 이름.

멍군냥녀
'멍멍이君'+'냐용女'의 비틀어.

[횟집 이름 비틀어]

횟집 이름은 지역명이나 자녀 이름 등을 활용한 무난한 이름이 대부분이며,
비틀어 사례는 적은 편이다. 이런 상황에 비틀어를 잘 활용하면 눈에 띄게
효과적일 것이다. 드라마, 영화, 웹툰 등 낯익은 작품명을 활용하면 유쾌하

고 기억이 쉬운 이름을 완성시킬 수 있다.

광어생각
〈광수생각〉의 비틀어.

내 안에 회 있다
'내 안에 너 있다'의 비틀어.

찜하고 회뜰날
'쨍하고 해뜰날'의 비틀어.

한잔海
(술 권할 때의) '한 잔 해'+'海'의 비틀어.

[건호가 만들어본 횟집 이름 비틀어]

우리 '회'사
'우리집 회를 사'+'우리 회사'(Our Company)의 비틀어.

'회'리포터
'해리포터'+'회 리포터'의 비틀어. 후배 최종선의 아이디어를 발전.

남해바다 동문'회'
'동문회'의 긍정적인 이미지에 얹혀 가는 비틀어. 남해바다에서 나온 물고기들은 서로가 다 동문이자 회니까. 서해바다는 '서해바다 동문회', 동해바다는 '동해바다 동문회'로 하면 된다. 동문회 장소로도 제격.

거품홀딱 전라'회'
회의 가격 거품을 홀딱 벗었다는 의미의 비틀어. 전라도 지역의 횟집이라면 제격.

회미리마트

'훼미리마트'의 비틀어. 회를 미리 사갈 수 있는 마트란 의미도 된다.

[주점 이름 비틀어]

일반적으로 주점 이름은 개방적이다. 타깃이 광범위하고 업종 자체가 라이트하며 창의성이 더 요구되는 업종이기 때문이다.

술퍼마켓

'슈퍼마켓'의 비틀어. 비슷한 사례로 '술퍼맨'도 있다.

추적60병

'추적60분'의 비틀어.

Bar삭

'Bar'+'바삭'의 비틀어. 튀김요리 바 이름.

수작

'손으로 만든 안주(手作)'+'수작(秀作)+'수작 부리는 곳'의 비틀어.

부마

'부어라'+'마셔라'의 비틀어.

예끼

'예'+'끼'의 비틀어. 진상 손님에게 예끼! 호통 칠 수 있는 곳이란 의미의 비틀어.

술집(Sul-zip)

맛있는 술과 안주를 다 모아 압축했다는 의미의 비틀어.

막까파
'막걸리'+'카페'+'파전'의 비틀어.

걸짝
'걸작'+'Girl의 짝'의 비틀어.

아홉시반 酒립대학
'아홉 시 반'+'주(酒)'+'주립대학(州立大學)'의 비틀어.

잔비어
'잔'+'비워'+'Beer'의 비틀어.

[건호가 만들어본 주점 이름 비틀어]

美술
'아름다운 술자리'라는 의미의 비틀어. 미대 출신 주인장이 작품을 전시한다면 더 잘 어울릴 듯.

'쉰' 들러 리스트
영화 〈쉰들러 리스트〉의 비틀어. 50 넘어 외로울 때 들를 만한 주점. 고객 장부 이름도 같으면 더 재미날 듯.

酒거니 받거니
'잔을 주거니 받거니 한다'는 의미의 비틀어.

자취(自醉)방
스스로 취하는, 즉 혼자서 마시는 콘셉트의 술집. 인테리어 자체를 대학 시절 자취방 느낌이 나게 만들고 다리 쭉 뻗고 마실 수 있다면 금상첨주!

여의酒
'여의도'+'주점'의 비틀어. 용 캐릭터가 간판에 있으면 더 잘 어울림.

은근술짝

'은근슬쩍'의 비틀어. '은근수작', '은근홀짝', '은근훌쩍' 등 유사한 표현도 가능.

허술(Her술)

'허술해진 마음'+'그녀의 술(Her 술)'의 비틀어.

[치킨집 이름 비틀어]

치킨집 이름에는 비틀어로 된 것이 많다. 치킨, 닭, 꼬꼬 등 비틀어로 재밌게 풀 만한 소스가 많아서이다. '오빠닭'(오븐에 빠진 닭), '누나홀닭'(누구나 홀딱 반한 닭), '미(米)친닭'(쌀로 만든 닭), '코스닭', '닭쳐', '닭치거라', '후다닭', '위풍닭닭', '아디닭스', '닭스클럽', '꿀까닭', '닭수리 5형제', '맛있는 까닭', '닭큐멘터리', '토닭토닭', '치킨먹고싶닭' '계수작 치킨' 등이 있다. 이외에도 엄청나게 많을 것이다.

[건호가 만들어본 치킨집 이름 비틀어]

Bar닭

'바에서 먹는 닭'이란 의미의 비틀어. '바닥'에서부터 시작하여 성공창업을 했다면 스토리텔링으로 엮기도 좋다.

즐거운 치욕

'즐거운 치킨 욕심'이란 의미의 비틀어. '치욕'만 쓰면 부정적이라 '즐거운'을 붙였다. 실제 간판에서는 '즐거운 치킨욕심'으로 표현하면 된다. 후배 김대곤의 아이디어를 가공.

꼬끼요 꼭이요

'닭을 꼭 먹어줄 것을 부탁한다'는 의미의 비틀어.

닭다구리

'닭+딱다구리'의 비틀어. '딱따구리처럼 별난 콘셉트의 치킨집'이라는 의미의 비틀어. '가격에 비해 닭을 많이 준다(다구리)'는 의미의 비틀어.

신라의 닭발

'신라의 달밤'의 비틀어. 경상 지역, 특히 경주에 추천.

닭의 도리

닭도리탕(닭볶음탕) 전문점으로 '닭의 (맛있는) 도리를 다한다는 의미의 비틀어.

[고깃집 이름 비틀어]

고깃집은 생각만큼 비틀어가 많지 않았다. 혹시 발견하게 되면 꼭 이 책에 기록해두길 바란다. 기존 고깃집 중에서는 '돈내고 豚먹기'(돼지고깃집), '牛월 한 곰탕'(소고기 곰탕집), '족과의 동침'(족발집), 'Nice to meat you'(돼지고깃집), '일편등심'(등심전문점), '또오리'(오리고깃집) 정도의 비틀어가 눈에 띈다.

[건호가 만들어본 고깃집 이름 비틀어]

고기 알지?

'거기 알지?'의 비틀어. '고기 맛을 알지?'란 의미도 된다.

돈豚대보이

'Donde Voy'의 비틀어.

고맛집

'고기가 맛있는 집', 혹은 '고기 맛집'의 비틀어. '그 맛 집'의 '그'를 '고'로 바꾼 비틀어이기도 함.

암!소가 좋지

'암! (여긴) 소고기가 좋지'는 의미의 비틀어. '소고기 중에서도 암소를 써서 맛이 더 좋다'는 의미의 비틀어.

돈육지책

'고육지책(苦肉之策)'의 비틀어. '돈육(돼지고기)의 책략'이라는 의미도 된다.

쭉~구미

'쭉~ 구미를 당긴다'는 의미의 비틀어. 주꾸미 전문점 이름.

문전대박

'문어'와 '전'으로 대박을 만든다는 의미의 비틀어. '문전박대'의 부정적 뉘앙스를 긍정적으로 비틀었다.

왜 이리 고소한우

'고소하누?'+'고소한 한우'의 비틀어.

탐관오리

'탐스럽고 관심 가는 오리고기'의 비틀어.

[기타 음식점 이름 비틀어]

요기

'시장기를 면한다는 의미의 요기'+ '가까운 곳을 가리키는 의미의 요기'의 비틀어.

드슈(De cheu)

'De(전치사, 프랑스어)'+'cheu(양배추)'의 비틀어. 양배추 활용 요리가 많은 전통주점 이름. 충청도 사투리 '드슈'의 친근함도 전달.

고로치

고로케 가게 이름. '그렇지'의 비틀어.

봉주루&진짜루

중국집 이름 비틀어.

마돈나

'마을을 가꾸는 돈가스 나눔터'란 의미의 비틀어.

먹쉬돈나

'먹고 쉬고 돈내고 나가라'는 의미의 비틀어.

이런 된장

된장요리 식당 이름. '이런 젠장'의 비틀어.

이태리 면사무소

'파스타의 면'+'면사무소'의 비틀어.

속풀고 버섯네

'해장에 좋은 버섯요리집' 의미의 비틀어.

오마이갓김치

'Oh, My God'+'갓김치'의 비틀어. 갓김치 전문 쇼핑몰 이름.

[건호가 만들어본 음식점 이름 비틀어]

ma sis

'맛있스'의 비틀어. 미국에선 'My Sister'의 의미로 'ma sis'를 쓴다 하니 여성들이 즐겨 찾는 레스토랑이란 의미로도 좋을 듯.

고로케 맛있어?

'고로케가 (고렇게) 맛있어?'라는 의미의 비틀어.

걱정말아국밥

'걱정을 말아먹는 국밥'이라는 의미의 비틀어. '걱정 마라!'라는 격려 의미의 비틀어.

맛있게 머그컵

'머그컵으로 맛있게 먹으세요'의 비틀어.

[셰프의 비틀어]

가게 이름에서 끝내지 말고 메뉴 이름까지 가보자. 각종 요리 프로그램에서 셰프들이 소개한, 비틀어 메뉴 이름이다. 사용되는 재료가 다양하니, 그 재료 이름들로 비틀어를 만들면 매우 다양한 결과물이 나올 수밖에. 셰프의 이름 혹은 손님의 이름까지 더해지면 통제가 어려울 정도의 많은 비틀어들이 요리된다.

정창욱의 '우리 집에 오 · 새 · 요'

'우리 집에'+'오징어'+'새우'+'요리'의 비틀어.

최현석의 '봉선아, 시집가자미'

'(신)봉선아 시집가자'+'가자미'의 비틀어.

샘 킴의 '로맨티스튜'

'로맨티스트'+'스튜'의 비틀어.

이원일의 '한 뚝볶이 하실래예'

'(유행어인) 한 뚝배기 하실래예'+'뚝배기'+'떡볶이'의 비틀어.

홍석천의 '굴로장생'

'굴'+'불로장생'의 비틀어.

홍석천의 '멕시코 갓쌈'

'멕시코'+'God'+'쌈(요리)'의 비틀어. '멕시코 갔삼?'의 비틀어.

김풍의 '미숫가루보나라'

'미숫가루'+'까르보나라'의 비틀어.

샘 킴의 '연양만점'

'연어'+'영양만점'의 비틀어.

김풍의 '치즈듬풍'

'치즈'+'듬뿍'+'(김)풍'의 비틀어.

이연복의 '고기 차이나'

'고기(맛이) 차이 나'+'China(요리)'의 비틀어.

최현석의 '감동의 더가니'

'감동의 도가니'+'더치커피'의 비틀어.

요리의 각종 재료, 요리의 국적이나 지방, 조리기법 등에 당신의 이름까지
활용하면 맛있는 비틀어가 요리될 것이다.

[일일 셰프의 비틀어]

다음은 연예인 일일 셰프의 야식 추천메뉴로 소개된 비틀어이다.

송은이의 '해피두개더'
'해피투게더'의 비틀어. 질리지 않아 두 개는 더 먹을 수 있다는 의미.

정준하의 '명란운동회'
버터에 명란이 치열하게 볶아지는 점을 반영한 비틀어. 70년대 인기프로그램 '명랑운동회'의 비틀어.

홍진호의 '콩징어'
'콩+오징어'인 줄 알았는데 프로게이머 홍진호 씨의 별명이 '콩'이라 한다. 그냥 '홍진호(콩)씨 가 만든 오징어요리'란 의미의 비틀어.

[건호가 제안하는 비틀어]

송은이의 '송은이 망극하옵니다'
송이버섯과 은행의 조합이면 어떨지?

정준하의 '情주나'
정준하 씨 이름을 활용한 비틀어. 뒤에 '안주나'를 붙여 '情주나 안주나'라고 해도 좋겠다. '안 주'를 얘기하는 것도 되면서, '정주나란 안주를 빨리 안 주나'라는 뜻도 된다.

홍진호의 '이왕이면 다홍진호'
'이왕이면 다홍치마'를 비틀어.

[음식점 메뉴 비틀어]

셰프의 설명이 곁들여져 이름의 배경에 대해 '아하!' 하게 되는 위의 비틀어와는 달리 다소 단조롭다. 시청자가 아닌 소비자이므로 메뉴판을 통해 바로 이해시켜야 하기 때문이다.

일타쌍쌈
'일타쌍피'의 비틀어. 쌈 하나에 고기를 두 개 얹어 먹는 메뉴를 표현.

너밖에 없쌈
무김치와 쌈떡의 조화로 더 이상의 궁합이 없다는 의미의 비틀어.

몽땅다쌈(떡+무+보쌈김치)
3가지(떡, 무, 김치)가 쌈 안에 몽땅 다 들어갔다는 의미의 비틀어.

매콤 등갈비 어부밥
밥 위에 갈비를 올렸다는 의미의 비틀어. 마치 밥이 갈비에게 '어부바('업어봐'의 변형)' 하는 것 같은 느낌을 준다.

겨울에온면
'겨울에 먹는 온면'+'겨울에 내 곁에 온 면'의 비틀어.

닭이울면
'닭이 (꼬끼오) 울면'+'닭고기로 만든 울면'의 비틀어.

신비국수
신 김치와 비법소스로 만든 국수란 의미의 비틀어. 뭔가 신비한 맛의 국수란 의미도 된다.

[기타 가게 이름 비틀어]

이매진
'이매촌'(분당)+'이매진(Imagine)'의 비틀어. 분당 이매촌의 모 어린이집 이름.

철천지
'철'+'천지'의 비틀어. '철이 천지에 있다'는 의미의 비틀어. 인터넷 철물가게 이름.

죽맛 죽이네
죽집 이름 비틀어. 개그맨 전유성 씨의 작품.

재즈나 칭칭
'쾌지나 칭칭+재즈나 칭칭'의 비틀어. 재즈카페 이름으로 역시 개그맨 전유성 씨의 작품.

몸가짐
'몸가짐을 잘하자' 할 때의 '몸가짐'+ 원하는 '몸을 가짐' 할 때의 '몸가짐'의 비틀어. 피트니스센터 이름.

숯총각
'숫총각'의 비틀어. '숯'을 만드는 순수한 총각' 의미의 비틀어. 숯 회사는 물론 음식점 등 다양하게 쓰이는 이름.

[건호가 만들어본 가게 이름 비틀어]

이자 까야
'이자를 까야 한다'는 의미로 대출업체 이름 비틀어.

임걱정
경호회사 이름 비틀어. '임(손님)을 걱정한다', '임꺽정처럼 듬직하다'는 의미의 비틀어.

어!수선

수선집 이름 비틀어. '어수선할 만큼 손님이 많다' 또는 '어! 수선하는 집이네?'라는 의미의 비틀어.

용달샘

용달업체 이름 비틀어. '용달의 샘'이라는 의미

바이킹

'바이킹'(Viking)+'Buy King'의 비틀어. '저돌적인 구매 대행업체'이름으로 적절

[연습문제 1] 손님을 모으는 애견샵 이름을 비틀어로 만들어보자.
(개·멍·견·야옹·냥 등 반려동물과 연관된 다양한 비틀어 소스들을 재조립해볼 것!)

오드리 헵○

애견을 아름답게 꾸며주는 미용실 이름으로 적합. 배우 이름과 가까운 철자로 하는 것이 좋음.

○나리

○를 나리처럼 모시는 곳. 간판에 개가 '○나리'를 흐뭇하게 물고 있는 일러스트가 첨부되면 더 쉽고 재밌어진다.

○때리지 마!

애견샵 이름은 아니지만 반려견(멍멍이)에게 폭력을 휘두르지 말자는 의미의 공익 슬로건으로 추천.

답 : 견 / 개 / 멍

[연습문제 2] 손님을 모으는 요리 이름을 비틀어로 만들어보자.

당근과 파의 맛전쟁 _ 맛있는 ○○싸움!

답 : 당파

브랜드 비틀어_
고객에게 인정받는 이름

◇◇

앞에서 다룬 가게 이름이나 메뉴명이 개인, 또는 소규모의 브랜드였다면 지금부터 다룰 것은 기업, 제품, 서비스 등에 대한 브랜드로 더 상업적이면서 전국구급이라 보면 된다. 아기자기함이나 당돌한 맛은 상대적으로 떨어지지만 그만큼 더 많은 사람을 아우르는 격이 있다. 수천만 원에서 억대에 이르는 예산을 투자하여 만드는 경우는 물론, 기업 대표의 고민이나 직원들의 고생, 소비자 공모 등으로 만들어지는 경우도 있다.

글로세움
'글로 세운다'는 의미의 비틀어. 출판사 브랜드.

꿈에그린
'꿈에 그린 집'+'Green으로서의 친환경'의 비틀어. 아파트 브랜드.

남자라면
'남자(의)'+'라면'의 비틀어. '(당신이) 남자라면 먹어봐'의 비틀어. 라면 브랜드.

누가바
'누가 봐'+'누가초콜릿이 든 아이스바'의 비틀어. 아이스크림 브랜드.

뇌새김
'뇌'+'되새김'의 비틀어. 영어학습법 브랜드.

다담

'다'+'담았다'의 비틀어. 식료품 브랜드.

毛자란사람들

'毛(모)'+'자란 사람들'의 비틀어. '(머리숱이) 모자란 사람들'의 비틀어. 탈모 제품 브랜드.

무파마

'무'+'파'+'마늘'의 비틀어. 라면 브랜드.

머거본

'먹어본'의 비틀어. 제과회사 브랜드.

밀키스(Milkis)

'밀크'+'키스'의 비틀어. 음료 브랜드.

물린디

'물린 데'의 비틀어. 약품 브랜드.

버물리

'벌레'+'물린 데'의 비틀어. 약품 브랜드. '벌물리'라고 비틀었다면 '벌 물린 데에만 바르는 약'
으로 오해를 받았을 것이다.

보크라이스

'볶음'+'라이스'(밥)의 비틀어. 즉석밥 브랜드.

사랑해 너마늘

'사랑해 너만을'+'마늘'의 비틀어. 지역 마늘특산품 브랜드.

산들애

'산과 들에'+'산과 들을 사랑한다(愛)'의 비틀어. 조미료 브랜드.

C1(시원)

'Clean No1'의 비틀어. '시원한 소주'의 비틀어. 소주 브랜드.

아침햇살

'아침'+'햅쌀'의 비틀어. 쌀음료 브랜드.

암스트롱

'Arm Strong'+'달 착륙자 이름'의 비틀어. 철봉 브랜드.

언니몇쌀

'언니 몇 살?'의 비틀어. 쌀 브랜드. 같은 회사의 자매품으로 '오빠몇쌀', '손만잡을깨'도 있다.

이가탄

'이가 탄탄'의 비틀어. 약품 브랜드.

이브자리

'이부자리'+'이브의 자리'의 비틀어. 침구 브랜드.

e편한세상

'e-', 즉 '인터넷으로 만들어낸 편리한 세상'+'이렇게 편한 세상'의 비틀어. 아파트 브랜드.

임팩타민

'임팩트'+'비타민'의 비틀어. 비타민제 브랜드.

잇치

'잇몸 치료'의 비틀어. 치약 브랜드.

위즐(Weezle)

'우리(We)'+'즐겁게'의 비틀어. 아이스크림 브랜드.

예다함
'예를 다 함'의 비틀어. 상조회사 브랜드.

조안나
'(먹어보니)좋았나?'의 비틀어. 아이스크림 브랜드.

좋은데이
'좋은'+'day'의 비틀어. 경상도 사투리 '좋은데이'의 비틀어. 소주 브랜드.

직방
'직접 방을 구한다', '직방으로 방을 구한다'는 의미의 비틀어. 애플리케이션 이름.

젤루조아
'제일로 좋아'의 비틀어. 아이스크림 브랜드.

짜왕
'짜장면의 왕'의 비틀어. 인스턴트 중화면 브랜드.

참ing 비스킷
'참함이 지속된다'+'매력적이란 의미의 차밍'의 비틀어. 과자 브랜드.

키미테
'귀 밑에'의 비틀어. 멀미약 브랜드.

키커바
'키 크는 데 도움 되는 Bar'+'키 커봐'의 비틀어. 과자 브랜드.

팡이제로
'곰팡이'+'제로'의 비틀어. 욕실용품 브랜드.

푸르지오(Prugio)

'푸르다'의 '푸르'+ '대지를 뜻하는 gio'의 비틀어. 아파트 브랜드.

해찬들

'해가 가득 찬 들'의 비틀어. 식품 브랜드.

햇반

'햇'(그해에 처음 난 산물)+'반(飯, 밥을 뜻함)'의 비틀어. 즉석밥 브랜드.

나를 소개하는 비틀어_
자기소개서나 명함에 딱!

◇◇

고생하셨다. 다 와간다. 지금까지 들여다본 건 사실 남의 브랜드(이름)와 슬로건(한마디)이었다. 언제까지 남의 것을 보고 군침만 흘릴 것인가? (이미 '스스로에게 어떻게 적용시킬 것인가'를 계속 생각해보신 분도 많으시겠지만…….)

이제 독자 여러분만의 무언가를 만들어볼 시간이다. 직업이 되었든 자신의 특성이나 인생관, 취미가 되었든 여러분을 위한 여러분만의 비틀어를 만들자는 것이다. 우선 내가 만든 비틀어를 참고하시라.

[건호가 만들어본 비틀어]

[개인, 취미]
프로글래머
'프로그래머'의 비틀어. '프로'+'프로급의 글래머 몸매'란 의미의 비틀어. 피트니스 강사에게 추천.

장독(長Dog)
닥스훈트 매니아에 추천.

궁상맞지우
'궁상각치우'의 비틀어. 노래방에서 아픔을 달래는 솔로에게 추천.

미소코리아
'미스코리아'의 비틀어. '미소가 미스코리아급'이란 의미의 비틀어. 미소가 아름다운 사람에게 추천.

캠페인

'캠페인'의 비틀어. '캠코더'+'페인'의 비틀어. 캠코더 취미를 가진 사람에게 추천.

[직업]

뼈그맨

'뼈'+'개그맨'의 비틀어. '뼛속까지 개그맨'이란 의미의 비틀어.

인테리우스

'인테리어+테리우스'의 비틀어. 잘생긴(?) 인테리어 전문가에게 추천.

해 리포터

'해리포터'의 비틀어. 날씨 리포터, 태양 연구가에게 추천.

휴머니스트(休money스트)

'쉬는 돈을 관리해주는 자산 컨설턴트'라는 의미의 비틀어.

피어니스트

'피아니스트'의 비틀어. 꽃집 주인 슬로건으로 추천.

역기적인 그녀

'엽기적인 그녀'의 비틀어. 피트니스클럽 여자 코치에게 추천.

글무는 아이

'글'+'문은아'+'아이'의 비틀어. 동화작가 문은아 씨에게 선물한 슬로건.

일타쌍코피

'일타쌍피'+'쌍코피'의 비틀어. 격투기선수 슬로건으로 추천.

아이돈케어

'아이'+'돈'+'Care'의 비틀어. '아이의 경제관념을 키우는 교육자'에게 추천.

프로파간다

'100% 파 간다'의 비틀어. '파서 가는 데는 프로다'라는 의미의 비틀어. 굴착 전문가에게 추천.

에그머니

'에구머니'의 비틀어. 'Egg'+'Money'의 비틀어. 양계 또는 계란 유통 전문가에게 추천.

타이탐닉

'(영화)타이타닉'의 비틀어. 타이 전문여행사, 타이여행 동호회에 추천.

어떤 가요

'어떤가요?'+'어떤 가요(歌謠)'의 비틀어. 음반·가요 전문가에게 추천.

마라토너(Mara-toner)

'마라토너(Marathoner)'+'Toner'의 비틀어. '마라톤처럼 오래가는 토너'라는 의미. 프린터 토너 전문가에게 추천.

명예의 전당

'명예의 전당'의 비틀어. '온라인에서 욕을 먹는 분'에게 추천.

CCTV PD

'CC(캠퍼스커플)'+'TV'+'PD'의 비틀어. 캠퍼스커플(CC)들의 닭살행각을 소개하는 대학방송 전문가에게 추천.

다이언(릍)트 코치

'다이어트'의 비틀어. 글쓰기 전문가에게 추천.

수리수리 마을수리

'수리수리 마수리'의 비틀어. 전기, 보일러 등 마을 자원봉사자에게 추천.

키드키득(Kid키득)

'키득키득'의 비틀어. 아이의 행복한 웃음을 디자인하는 아동전문가에게 추천.

발아봄(發芽봄)

'바라봄'의 비틀어. '씨를 봄에 발아시켜 꽃 피는 것을 바라봄'이란 의미. 꽃, 꽃씨 관련 전문가, 꽃을 사랑하는 모든 사람에게 추천.

돈 워리 빛 해피

'돈 워리 비 해피'의 비틀어. 채무 해결 전문가에게 추천.

통증, 물리치리오

'통증 물리치료'의 비틀어. 물리치료사에게 추천.

노(老)맨티스트

'노(老)'+'로맨티스트'의 비틀어. 황혼세대임에도 로맨스를 지닌 멋진 분, 황혼 설계 전문가에게 추천.

체력단련 장

일상이 연습이 된다

일상에서 비틀어를 떠올리면

당신의 인상이 좋아진다.

당신의 글이 인상적이 된다.

당신의 가치가 인상된다.

글쓰기는 기본! 화술, 마케팅,
삶의 지혜까지 해결하는 비틀어!
일상에서의 비틀어 단련법을 익히고
틈틈이 저자의 비틀어 창고를 열어보자.

이제 당신도 비틀어 귀재

맨 앞의 비틀어 원칙과 공식이 실전에 바로 적용할 수 있는 기술의 장이라면, 비틀어 체력 단련은 평소에 비틀어의 기본 체력을 차곡차곡 쌓아두는 방법을 배우는 장이다.

1. 삼행시를 지어라

자기 이름은 물론 주변 친구와 지인들, 유명인들의 이름까지 보이는 대로 들리는 대로 머릿속에서 삼행시를 지어보자. '줄임말로 비틀어'를 실생활에서 연습하는 데엔 삼행시만큼 좋은 게 없다. 비슷한 이름들을 삼행시로 풀다 보면 같은 풀이가 나오는 경우가 많은데 이 경우 다른 게 없을까 고민하고 대안을 찾으면서 실력도 늘게 된다. 예를 들어 이름에 '정'이 들어간다면 이를 '정상'으로도 풀고 '정말'로도 풀고 '정치'로도 풀면서 실력을 키운다는 얘기다. 사행시, 오행시로 해도 당연히 문제없다.

2. 국어사전과 친해져라

트렌드 반영이 느리긴 하지만 국어사전만큼 좋은 비틀어 교재는 없다. 특히 기업·관공서에서 홍보업무를 하고 있거나 광고 카피라이터 등 비틀어를 직업적으로 활용해야 하는 사람들에게는 필수다. 내가 만든 '청사·초롱(청렴사랑, 초심롱런)'이나 '갑(甲)옷 벗기' 등도 국어사전을 통해 재조립했다.
요즘은 포털사이트의 사전기능이나 사전 애플리케이션이 잘 되어 있긴 하지만, 한눈에 쭉 비슷한 단어들을 대조해보기엔 종이로 된 국어사전이 최적이다. 보조수단으로 옥편, 영한사전도 있으면 더 좋다.

3. 힙합을 들으며 라임에 집중하라

힙합은 라임이 생명이기 때문에 귀 기울여 듣거나, 가사를 잘 읽으면 비틀어 체력을 기르는 데 좋다. 힙합을 그리 좋아하지 않으면 유튜브에서 MBC 코미디 빅리그의 '라임의 왕'을 볼 것. 지난 자료이지만 거부감 없이 코믹한 힙합 라임으로, 재미있게 비틀어 체력을 쌓을 수 있다.
특히 이름을 응용하는 라임을 눈여겨보자. 삼행시가 전통적인 비틀어라면 여기선 더 흥미진진하고 변화의 폭이 큰 것을 느끼게 된다.

4. 신조어(유행어)를 들여다보라

생명력이 짧다는 단점이 있지만 그만큼 트렌드가 가장 빨리 반영되는 것이 신조어. 신조어를 잘 보면 단어와 단어가 어떤 방식으로 조합이 되는지를 익힐 수 있다. 그 시대의 트렌드를 알 수 있고 젊은이들이 원하는 것, 답답해하는 것, 후련해하는 것을 자연스럽게 알 수 있다. 그 공식과 말투를 잘 봐두었다가 여러분도 신조어를 만들어보자. 꼭 인터넷에 유행시키기 위해서가 아니라, 업무에 관련된 것이든 개인 슬로건을 만들든 신조어의 조합 공식이나 감각적 말투를 응용하여 반영하면 된다. 신조어를 그대로 쓰는 것은 그냥 유행에 편승하는 것이지만 그 방법을 응용하는 것은 또 다른 창작이다.

5. 비틀어로 배틀하라

'오가는 비틀어 속에 싹트는 실력'이란 말도 있다. 혼자 연습하는 것도 좋지만 SNS 댓글이나 술자리, 회의 등에서 비틀어를 주고받으며 재미있게 연습해보자. 아래는 카피라이터 카페인 '섬'에서 나의 영원한 댓글 동반자인 믿을맨 등의 회원들과 주고받았던 비틀어 배틀 사례를 모은 것이다.

거노 2008.01.14. 14:16 ↩답글
재영군의 질문에 답을 하자면, 믿을맨과의 오랜 댓글전쟁을 통해 단련된 재치질입니다.

믿을맨 2008.01.14. 15:04 ↩답글
재영군의 질문에 토를 달자면, 거노는 이미 전쟁이 필요없는 대글왕이고 재치왕입니다.

거노 2008.01.14. 15:46 ↩답글
죄송합니다. 제 치질입니다.

믿을맨 2008.01.14. 15:59 ↩답글
감사합니다. 전 간질입니다.

거노 2008.01.14. 16:14 ↩답글
아...별 알맹이 없는 저의 답글에 믿을맨이의 지질좋모르는 동행과 간질어운 속삭임이 함께 해주어 외롭지 않군효...

알 2008.01.14. 16:14 ↩답글
짤짤짤짤짤짤짤짤

이요 2008.01.14. 16:27 ↩답글
2008년에도 그들의 댓글 놀이는 진행중..^^

freewriting 2008.01.15. 14:03 ↩답글
크하하하... 댓글도 웃음 에너지다. 재야의 개그맨 종선은 댓글발이 딸리나 어쩌나...ㅋ

에빌레 2008.01.15. 17:31 ↩답글
피 터지고 웃음 터지는 댓글전쟁 ㅎㅎ 도저히 끼어들 수 없어효~~ ㅋㅋㅋ

거노 2008.01.15. 17:36 ↩답글
치질이라고 꼭 피가 나는 거 아니다...

믿을맨 2008.01.15. 17:39 ↩답글
간질이라고 꼭 간이 붓는 거 아니다... (아, 이 노무 댓글..중독성이 넘 강해!!!)

거노 2008.01.15. 17:40 ↩답글
간질이라고 꼭 웃음이 나는 것도 아니다...라고 양제가 댓글을 달려고 했을 것임.

6. 사오정이 되어라

잘못 알아듣는 게 꼭 나쁜 것만은 아니다. 새로운 비틀어 탄생의 계기가 될 수 있다. 일부러라도 귀를 막고 들어보자. 예를 들어 개그 프로그램을 보면 귀가 어두운 어르신이 젊은이의 말을 잘못 알아듣고 다르게 해석하여 생기는 해프닝을 소재로 쓰는 경우가 많다. 그게 다 발음이 유사한데 뜻은 다른 단어나 문장들 간에 생기는 재미를 다루는 비틀어다.

잘못 들은 '척' 일부러 다른 단어나 문장으로 받아들여보자. 새롭고 또 다른 의미의 비틀어가 다가올 것이다.

[부록] 비틀어 창고

나의 창작 비틀어 중 페이지화하긴 곤란한 비틀어들을 따로 모았다. 여러분이 비틀어를 연습하며 뭔가 막힐 때 응용할 수 있는 비상식량 정도로 생각하면 좋겠다.

[ㄱ] 세상에서 가장 따끔한 침은 가르針 / 가장이 가장 힘들다? 아내도 힘들지 아~내가 잘 알지 / 감독님은 감동님 / 함께 걷는 걸음, 공동체의 거름 / 게릴라, '게'릴라(크리스마스 섬 홍게의 대이동, 산란 위한 '게'릴라 작전) / 꿈틀, 꿈 틀(새내기여 '꿈틀'하라, '꿈의 틀을 세워라') / 교육정책이 고육지책이 되지 않게 / 깨 닮음을 깨달음(신혼의 깨는 언젠가 닳게 됨을 깨달을 때 평화가 오리라) / 깨알 깨!알(깨알 같은 충고 하나 하지! 네 알을 깨! 깨 알!) / 거짓말은 거지말, 넌 빈털터리가 되는 거지 / 고인돌은 썩지 않지만 고인물은 썩는다 / 개구진 개그쟁이 / 보고싶군화…… 군에 간 네가 / 나의 연애학력은 그대졸…… 그대를 불량한 성적으로 졸업했다 / 길고 짧은 거시기는 대봐야 안다 / 너의 갑질에 난 껍질만 남았다 / 준비된 결혼 행복한 결론, 하지만 결혼이 꼭 결론은 아닌 듯 / 꼬꼬면, 예전엔 꼭 그 면이었는데…… / 가보, 가까이 두고도 보고픈 그대 / 기저귀를 떼는 일, 엄마에겐 기적이다 / 공동체는 궁둥체…… 궁둥이 떼기 싫은 곳 / 고정하시옵소서 고정문이옵니다(카피라이터 후배 강일성의 회사 고정문에 붙인 비틀어)

[ㄴ] 나이 먹어도 나 이뻐? / 내 성적 앞에 내성적 / 노고단, 노고가 많고 고단한 곳 / 네게 꽂히다 네가 꽃이다 / 늙은이? 늘은 이! / 눈팅 금지! 다음 날 눈이 팅팅 붙어나리! / '나뿐'은 나쁜 것 / 남자들이 힐끗 힐끝(하이힐 끝까지 쳐다본다)

[ㄷ] '답''답'하네 답이 두 개인 수능 / 당신은 나의 돈반자 / 다운, Down(너다운 짓을 해야 다운되어도 즐겁다) / 다짐, 다 짐(다짐이란 다 지고, 다 잃을 때 더 굳게 먹게 되는 마음의 양식) / Die얼? 얼간이가 아니라 희망을 누르는 Dial이고 싶다 / 다이어트하려다 Die어트 될 수도…… 먹기만 해도 빠져요 구라치는 라이어트 될 수도…… / 때론 돌직구 때론 솔직구 / 똥, 뚱(똥이 쌓여 뚱이 된다, 쾌변으로 라인 완성) / 뜀박질, 쉼박질(인생엔 뜀박질만큼 쉼박질도 필요하다) / 닮음은 안 된다 다름이어야 한다 / 내 몸의 대변인, 대변 / 우리다움, 우리 다 움(우

235

리다움이란 하나가 슬퍼할 때 다 함께 욺, 그것이다) / 내 몸 최대의 불량서클, 다크서클 가입 완료 / 동생이몽(한배에서 났지만 다른 꿈을 꾸다) / '도와줘'는 '또와줘'로 이어진다(아무나 돕지 말자)

[ㄹ] 노래방에선 로커(Rocker), 무대만 서면 입은 로커(Locker) / 라디오, 에라디오~♪ / 라스트 신을 베스트 신으로 / 너에게 레게를 줄게

[ㅁ] 말술(말이 술이 되고 술이 말이 되는 사연) / 맘마미아(미아동 유아식 가게 이름으로 어떨까?) / 미워, 美war(겉으론 웃지만 속으론 미워 ! 美의 대제전 슈퍼모델들의 신경전, 美war) / 메리 크리스마스, 메리 그리스마스, 메일이 그립스마스, 매일 글을쓰마스…… / 만우절, 만 명의 친구를 얻는 날 / 미국인가 米Cook인가, 그래서 라이스 장관인가? / 밀애엔 미래 없다 / 입이 행복해지는 맛남 / 오빠 믿지?에서 오빠 밉지?로 / 곰의 마늘, 인간이 되기만을…… / 美親 녀석(아름다움과 친한 녀석) / 無Luck 無Luck / 문외한이라고 무뇌한은 아닙니다 / 마이더스가 될 것인가? 마이너스가 될 것인가? / 막내는 막무가내의 약자 / 멍에훼손(멍에를 훼손하고 탈출할지어다)

[ㅂ] 반해서 온 그대, 변해서 간 그대 / 범생이, 학교의 범으로 환생하다 / 부킹, 북킹(Book King_멋진 책과의 부킹) / 발끈할 땐 발 끈을 묶는 여유 / 발레리나보다 아름다운 우리 집 빨래리나 / 난 보톡스다! 보면서 톡하는 스타일 / 새해 봉 많이 잡으세요(원숭이해의 신년인사) / 불구? 그럼에도 불구하고 난 살아간다! / 소방관, 그럼에도 불구하고 뛰어든다. 사람들을 불에서 구한다! / 번지, 반지(번지하라! 반지를 나누리라!) / 어르신들은 비校 출신? 학교 비교 마세요 / 빗물, 비수(너와 헤어지던 날, 빗물은 비수처럼) / 부지런 부질들(부지런히 고백했지만 부질없는 말이더군) / 부지런 不知Run(부지런하다는 것은 자신이 뛰는 것조차 알지 못할 정도로 뛰는 것) / 빅마우스여 빙(氷)마우스 하라! / 부패정치인, 뷔페정치인(부패가 뷔페처럼) / 아빠 내 기타를 부쉈지만 눈부신 내 꿈은 부술 수 없어 / Happy Birthday, Happy Busday / 분노는 분뇨로 다스려라_쾌변의 효능 / 나에겐 분뇨조절장애가 있다 / 불혹인가 부록인가

[ㅅ] 사무실은 삼우(三友)실(일, 동료, 낭만) / 사위? 1위!(장모님 마음속에 1위가 되겠습니다) / 살·기(살아 있다면 기회는 있다, 살기를 품어라) / 스마트폰, 이마트Fun(이마트폰 QR코드 이벤트 슬로건으로 어떨까?) / 세븐일레븐, 세분일낼분(세븐일레븐 **점 오픈! 세분의 젊은이가 일 냅니다) / 낭군만 보면 낭만이 생기냐 너만의 삶을 찾아야지! / 1212 사태는 국가와 국

민에 대한 시비시비 사태 / 신물 나는 이야기, 신물이 올라오는 분들에게 추천 / 스파이, 스파이더맨 / 수트라이크! 수트 입기 좋은 날 / 신도 리콜! 감히 神을 리콜? / 스팩타클? 스펙태클! / 상해는 상전벽해 / 소시민, 소심인(小心人) / 뉴스 속보입니다 속 보입니다 / 쉬응가가 쉬운가 (쉬하고 응가하는 일, 어둡고 무서운 학교화장실에선 쉽지 않은 일입니다) / 실로암, 실로 앎 / 사랑, 나와 함께 살앙 / 샤워는 원래 보여주는 것⋯⋯ show-er / 상처하신 SG형 상처받고 계신 SG형 / 슈렉이 스레기? 아니라고 봐! / 세꼬시, 세 번만 꼬시면 넘어온다 / 상사가 집에 가면⋯⋯ 가면을 벗는다

[ㅇ] 아이젠, 아!이젠(아이젠 없으니 아! 이젠 못 가네) / 가수 알리(노래하는 법을 잘 알리! 세상에 그 이름 잘 알리리!) / 열등감을 열정감으로 / 어른 말 잘 들어 얼른 죽은 건가요? 세월호 아이들이 묻습니다 / 아마존 vs 프로존, 어느 물에서 놀 것인가? / 溫에어, 溫Air(방송국은 溫에어, 온풍기는 溫Air) / 이런! e-run! / 이야기, 이야! 기('이야! 기막혀' 소리가 나와야 제대로 된 '이야기') / 영자의 전성시대(영자신문 전성시대 **대 영자신문사 광고문안) / 인상파 화가 (뉴스만 보면 누구나 인상파 화가, 국민이 인상 쓰고 화가 나는 이유) / 인연, 연인(인연이 있다고 연인이 되진 않더라) / 연체(빠져나올 수 없는 연체! 당신은 연체동물이 아닙니다. 미리 막으세요) / 익살(두꺼울수록 좋은 살, 익살) / 외 · 계 · 인(외국어 계속 안 되는 인간) / 2기, 이기(세상을 이기는 사람들, 2기 동문 모임 슬로건) / 와우 와友/ 이너웨어, 人魚웨어 / 가수 에일리 悲 / 욕심이 지나치면 욕 심하게 먹는다 / 온 동네 온 에어 온 세상을 밝히다! / 올림픽이 내림픽으로! / 올리고당, 내리고당 / 일반인, 일을 반만 하는 인간 / 이별, 하나의 별이 두 별이 되는 과정 / 어매이징, 워매! 이 징한 거~ / "알바라고 막 대하시네요!" "내 알 바 아니야!" / 수능⋯⋯ 누군가에겐 아쉬움 누군가에겐 아! 쉬움! / 어르신명(어르신을 신명하게 하는 프로젝트) / 인연에서 이년으로, 이놈에서 이옴으로 / 옳음을 향해 끝없이 오름 / 유모어? You more! (그걸 유모어라고⋯⋯ 넌 더 해야 돼_개그맨의 비애) / 옴마니 반메훔? 오마니 밭매훔! / 이력서 쓰다 이력 나겠네 자소서 쓰다 그만 자소서 / 이른 봄은 겨울에게 잃은 봄 / 용 쓴다고 용 되나 / 왕따를 왕따뜻하게 / 입맞추어? 나에겐 아마추어 / 더 강해지기 위해! 위기 일발장전 / 아프로디테, 앞으로 뒤태 / 연계소문(소문은 늘 연계해서 난다) / 암, 낫고 말고

[ㅈ] 저질러, 저질er / 절개를 지킨다는 건 배를 절개하는 고통과 맞먹는다 / 죽음, 竹音(대나무처럼 곧게 살다 대숲에 이는 바람소리 아래 생을 마감하고 싶다) / 지켜보는 것이 지켜주는 것 / 짝짝! 손바닥도 짝이 있는데 난⋯⋯ / 중2병, 정신적 중이염 / 어제까지 지배자 오늘부터 집에자⋯⋯ / 자원봉사, 눈 딱 감아야 할 수 있는 일 / 자극은 주되 자국은 남기지 마라

[ㅊ] 치안이 확실하면 치한이 줄어들까? / 체해서 온 그대 / 천안함의 아픔, 편안함은 언제쯤? / '착'한 당신? '척'한 당신이 아니고? / 천일동안(1,000일 동안 동안을 만드는 약속)

[ㅋ] 혼자만의 운전, Car타르시스 / 키워드는 킬워드다 / 캐내어 토하게 한다 톱 비밀을! 캐토톱

[ㅌ] 트러블로 둘 사이는 틀어져블고 / 트랜스 퍼머 / 겨털여왕(지독한 겨털 냄새로 혼자 살게 된 그녀를 위하여_데오*란트)

[ㅍ] 필살기, 必 살기(필살기만 있다면 살기 좋다) / 프리허그, 프리호구(프리허그 하려다 프리호구 되었네_아무도 안으려 하지 않는 자의 슬픔) / 포옹은 포용이다 / Premium보다 Free-mium / 파란 10000장한 삶을 살면 10억이 떨어지네! / 프리덤? Free는 덤으로 얻는 게 아냐 / 피터팬…… 후크 선장을 피터지게 팬 / 페이스북, 페니스북

[ㅎ] 하·모·니(하나로 모이니 즐겁지 아니한가) / 하우스푸어, 하우스퓨어, 한숨셔푸어, 미련한 푸우 / 한치 앞, 한 치 앞(한 치 앞을 못보고 잡혀왔구나, 인생도 그런 걸까? _한치 안주 앞에서) / 허세(Her世_그녀의 명품세상을 논하다) / 햇빛 뉴이어(태양광으로 새해가 더 밝아집니다) / 히든성대(히든싱어에 이어! 이제 히든성대가 나올 차례) / 혀슬링(혀로 하는 레슬링) / 효자손보다 손자손 / 모두 내려놓자, 행복의 첫걸음은 항복 / 회의가 잦으면 회의가 든다 / Her것인가 헛것인가 / 히스토리 vs 허스토리 vs 혀스토리 / 혼수문제로 혼수상태 / 홍익인간_홍보는 익살맞게 인생은 간지나게…… / 너에게 헌신한 짝을 헌신짝처럼 버리니 / 헤게모니 쥐려다 에게뭐니 되었네 / 손안의 즐거움_핸드폰, Hand Fun / 함 사시오 함께 사시오 / 헬스? 핼쓱? 최악엔 Hells / 허니버터칩 허리버터칩(가장으로서, 체면의 허리를 지키는 칩) / 화나게 하지 말고 환하게 하라 / 끝까지 읽은 당신은 햇님, 핸님(핸섬한 님)

* 일러스트 색인

ⓒ 전진우

시선을
사로잡는
한 문장

초판 1쇄 발행 2016년 2월 29일
개정판 1쇄 발행 2019년 10월 7일

지은이 김건호
일러스트 전진우
펴낸이 이범상
펴낸곳 (주)비전비엔피·비전코리아

기획 편집 이경원 유지현 김승희 조은아 박주은
디자인 김은주 이상재
마케팅 한상철 이성호 최은석
전자책 김성화 김희정 이병준
관리 이다정

주소 우)04034 서울특별시 마포구 잔다리로7길 12 (서교동)
전화 02)338-2411 | **팩스** 02)338-2413
홈페이지 www.visionbp.co.kr
인스타그램 www.instagram.com/visioncorea
포스트 post.naver.com/visioncorea
이메일 visioncorea@naver.com
원고투고 editor@visionbp.co.kr

등록번호 제313-2005-224호

ISBN 978-89-6322-157-1 13800

이 도서의 국립중앙도서관 출판예정도서목록(CIP)은 서지정보유통지원시스템 홈페이지(http://seoji.nl.go.kr)와 국가자료종합목록 구축시스템(http://kolis-net.nl.go.kr)에서 이용하실 수 있습니다. (CIP제어번호 : CIP2019036554)